# Petites histoires de boulot

# Anna BOURG

# Petites histoires de boulot

Nouvelles

Éditeur : BoD - Books on Demand,
12-14 rond-point des Champs-Élysées, 75008 Paris
Impression : BoD - Books on Demand, Norderstedt, Allemagne

ISBN : 978-2-3222-0579-0

Dépôt légal : Février 2020

« Choisissez un travail que vous aimez
et vous n'aurez pas à travailler un seul jour de votre vie. »

Confucius

# SOMMAIRE

## Sur la bonne voie

Je faisais du stop quand un camion s'est arrêté à ma hauteur. À ma plus grande surprise, une femme tenait le volant. Je n'en croyais pas mes yeux, mais pourtant, c'était bien réel. Aux commandes de ce terrible engin, il y avait bel et bien, une conductrice ! Celle-ci a stoppé les machines dans un profond vacarme et ensuite, elle s'est étirée de tout son long pour pouvoir m'ouvrir la portière côté passager. Me paraissant si jeune (bien plus que ma propre mère, à vrai dire) elle m'a demandé où je comptais aller comme ça. Je lui ai alors répondu :

— Le plus loin possible d'ici, Madame !

Elle n'a pas osé me demander mon âge. Sans doute à cause de ma corpulence.

J'avais attrapé quelques affaires pour l'occasion et je les avais jetées dans ce sac à dos, bien trop petit à l'évidence. N'ayant pas non plus enfilé mes plus beaux habits ce soir-là, je m'étais retrouvé au bord de cette route, chaussons encore aux pieds. Me dépêcher de partir pour ne pas qu'ils me trouvent encore dans la maison à leur retour. Les fuir, eux, qui me trouvaient bien trop rebelle, pas assez obéissant, ni compréhensif envers leur morale à deux balles.

— Mes très chers parents !

J'ai hésité un instant avant de monter dans le camion. C'était une nana, tout de même ! Et puis, ravalant mes doutes et mes colères, j'ai grimpé dans ce fameux poids lourd pour y poser mes fesses, et surtout, disparaître. Après tout, ce n'était rien de plus qu'un tout p'tit bout d'femme, alors, je ne risquais rien à priori.

Tout de même, il était énorme son véhicule, son fichu transporteur de marchandises. Gigantesque ! Un sacré bolide américain, je crois. Rouge et noir, tout flambant neuf. D'ailleurs, je me suis plusieurs fois posé la même et stupide question :

— Comment un si petit corps, aussi svelte et sexy, pouvait-il manœuvrer aussi facilement un mastodonte pareil ?

Quelle délicatesse ! Une petite goutte de finesse dans un monde de brutes...

Du monde des routiers, je ne connaissais d'ailleurs que les blagues idiotes ou déplacées de mon paternel. Je ne pouvais donc imaginer un seul instant que ce dernier avait fait partie de cette belle et grande famille pendant des années. Et pourquoi en était-il parti au fait ? Pour ce qui était des femmes, je me demandais quelquefois ce qu'elles étaient vraiment sans leurs cris et leurs larmes ? Je n'avais pour seul et unique exemple que cette hystérique que j'appelais *Maman* depuis bien trop longtemps déjà.

La belle nénette, au volant de son gros cube, s'est présentée à moi. Tout comme je me suis ouvert à elle, sans aucune arrière-pensée ! Elle s'appelait *Xéna*, comme la guerrière, mais semblait pourtant avoir toute la douceur secrète qu'ont les mamans à la naissance de leur enfant. Du moins, certaines... ! Elle m'a ensuite avoué qu'elle trouvait mon prénom très joli, malgré son originalité. Moi qui le détestais tant celui-là.

— Enrique !

Une fois les présentations terminées, elle a redémarré sa machine de quarante tonnes, sans vapeur, puis a repris la route sans sourciller. Le ronflement du moteur m'a fait légèrement frissonner. Les pistons, les soupapes, les cylindres... À moins que ce ne soient finalement son visage si pâle et ses mains si frêles ? Tout en conduisant sur cette départementale quasiment déserte à vingt-trois heures, elle m'a raconté brièvement sa vie. Mariée depuis dix ans déjà, mais très indépendante tout de même, elle était toujours en vadrouille, à parcourir les routes de France du matin au soir, à livrer jour et nuit la moindre commande, la moindre petite conserve qui se trouvait dans nos placards. Un fils de quatorze ans – *Roman* – avec qui elle essayait de garder le contact, malgré son boulot très prenant et fatigant. Toute une histoire quoi... ! Elle l'avait eu très jeune et n'avait que trente ans. Trente jolis printemps qui lui allaient si bien, finalement.

À elle seule, cette sacrée chauffeuse se donnait beaucoup de mal au quotidien pour revaloriser les différents aspects de ce dur métier, ainsi que l'image de l'entreprise pour laquelle elle transitait depuis tant d'années, maintenant. Être une professionnelle de la route – parmi les quatre pour cent seulement de femmes à avoir choisi cet emploi, selon les sondages – c'était pour Xéna bien plus qu'une passion. Une véritable vocation !

Pour la première fois depuis des mois, je me sentais bien avec quelqu'un. Pour la première fois de ma vie, j'avais très envie de me confier.

Au bout d'une trentaine de kilomètres, toujours les yeux rivés droit devant, sur les bandes blanches et le bitume, elle m'a enfin demandé mon âge et a semblé assez surprise lorsque je lui ai répondu :

— J'ai dix-sept ans et demi.

Elle m'en donnait apparemment beaucoup plus. Tout comme ceux qui me connaissaient déjà bien avant elle. Certes, j'avais le corps d'un homme mais tout au fond de moi, je ne me sentais pas plus fort, ni guère plus grand, qu'un tout petit garçon. J'avais d'ailleurs fugué ce soir-là parce que je n'en pouvais plus de cette famille trop étouffante et si austère parfois. J'étais heureux finalement de ne pas être tombé sur une personne mal intentionnée en faisant du stop. J'aurais pu croiser n'importe quel pervers, n'importe quel monstre à deux ou à quatre pattes. Mais au contraire, c'était elle – Xéna – que j'avais croisée. Cette poupée aux grands yeux, cette dame au gros camion.

Après plus de deux heures et demie de trajet, je m'étais un peu assoupi. Elle m'a secoué légèrement et en ouvrant les yeux, j'ai compris où nous étions : devant un foyer pour jeunes ! Elle le connaissait bien celui-ci d'ailleurs, et pour cause. Elle y avait fait plusieurs séjours dans sa jeunesse avant de se décider à passer tous ses permis : auto, moto, poids lourd et super lourd.

Après avoir discuté de tous mes soucis d'ado avec cette parfaite inconnue pendant tout ce temps, j'avais enfin réussi à comprendre qui étaient réellement mes parents. Deux adultes qui avaient un sacré vécu... tout comme elle. Un homme et une femme qui avaient juste besoin de comprendre ce qui ne tournait pas rond dans la tête de leur fils.

— Moi, en l'occurrence !

Je suis alors descendu de son énorme bahut après l'avoir embrassée chaleureusement, comme pour la remercier et lui faire comprendre surtout que j'aurais bien aimé continuer à faire un long bout de chemin avec elle, errer à ses côtés comme un stagiaire, un ami et bien plus encore. Ne plus jamais la quitter...

Je me suis réveillé tout à coup en sursaut, un bouquin entre les mains et totalement en sueur. Visiblement, ce n'était qu'un rêve.

— Dommage… !

J'avais passé toutes ces heures dans ma chambre, bien chaude et confortable, et je m'étais encore endormi bien tard, comme à mon habitude. Mes parents dormaient encore à l'étage. Je n'entendais pas un bruit, pas un ronflement. Tout était calme et lisse. Tout comme leur vie bien propre et bien rangée ! Quant à moi, je m'étais donc encore une fois de plus laissé aller à mes fantasmes les plus fous… Je ne passais pas une seule soirée, d'ailleurs, sans regarder tous mes livres de camions – ou d'engins en tout genre – bien planqué sous les draps. Et toutes les nuits, je m'endormais en entendant ma mère me dire tout gentiment :

— Ne lis pas n'importe quoi avant de t'endormir, mon chéri ! Tu vas finir par faire des cauchemars.

Si seulement elle savait ! Si seulement ils savaient tous les deux à quel point je me fiche totalement de ces études si chères qu'ils me paient depuis deux ans puisque mon seul rêve c'est de devenir chauffeur routier international, au final.

Mais ce soir, c'est décidé, je leur dis tout. Et tant pis pour leur réaction !

# La faculté d'apprendre

Quatre heures de cours magistraux, aujourd'hui, pour le département A, de 8H00 à 12H00. Cellules et tissus, métabolisme, droit de la santé... Suivis de trois heures de travaux dirigés, de 14H00 à 17H00. Anatomie, connaissance du médicament... Comme chaque jour, du lundi au jeudi, depuis le début du deuxième semestre universitaire. Un emploi du temps bien chargé.

Il n'a pas cessé de pleuvoir de toute la matinée. L'orage a éclaté en fin de nuit, le mois de mai est bientôt terminé. Le concours de PACES approche à grands pas. Lola est épuisée... La semaine a été très éprouvante pour elle. Il lui tarde donc ce soir pour pouvoir se prélasser dans un bain chaud, dans sa minuscule baignoire, loin de tout ce bruit, ce fourmillement qui subsiste dans cette immense faculté. Mais demain, la vie trépidante de cette jeune étudiante de dix-neuf ans reprendra son cours. Comme tous les vendredis après-midi, elle ira rejoindre la fine équipe employée par cette grande brasserie du centre ville : *« LE ROUGE BORDEAUX »*. Cette grande brasserie dont la réputation n'est plus à faire, transmise de génération en génération, et dans laquelle chaque étudiant du coin semble y avoir exercé ses talents. Lola n'est pas d'ici, pourtant, cela ne l'empêche pas d'y travailler trois jours par semaine, du vendredi au dimanche exactement, mais aussi pendant ses maigres vacances. Cela lui permet de financer une bonne partie de ses études, ainsi que de s'offrir le luxe de louer un minuscule appartement avec une copine, dans un quartier très populaire de la ville de Bordeaux. La jeune fille, en première année de médecine, n'a pu se voir attribuer une chambre sur le campus universitaire.

— Plus de place ! lui a-t-on répondu lors de sa demande, pourtant très précoce, au CROUS.

Même pas une toute petite place pour une aussi bonne élève qu'elle, qui a tout de même obtenu son Bac S avec mention « Très Bien » et qui bénéficie d'une prime au mérite ! Sans doute, l'année prochaine, y parviendra-t-elle… ?

Lola sait bien que sa vie ne sera jamais un long fleuve tranquille. Malgré son handicap (« sa maladie invisible » comme elle dit souvent) personne ne lui fait de cadeau. Ce n'est pas écrit sur son front, non plus, mais tout de même ! Le fait qu'elle soit diabétique insulinodépendante n'a jamais rien changé pour elle, ni pour les autres non plus, d'ailleurs. La plupart de ces handicaps, non-visibles à l'œil nu, ne sont pas toujours reconnus comme de *« vrais handicaps »,* malheureusement. Tous les matins, à la même heure, c'est la piqûre. La piqûre d'insuline, bien sûr ! Geste quotidien, devenu si banal et machinal, qu'elle maîtrise parfaitement, depuis tout ce temps. Depuis quatre ans maintenant…

Midi sonne dans l'amphithéâtre, c'est la pause méridienne. Lola a largement le temps de rentrer à l'appartement pour se préparer un vrai déjeuner : ni trop gras, ni trop sucré, ni trop salé. En totale adéquation avec son régime alimentaire ! Assiette de crudités, filet de dinde et yaourt maison. Juste assez pour tenir le coup jusqu'à ce soir. Cela lui permettra aussi, peut-être, d'entrevoir, une fois de plus, ce chauffeur de bus qu'elle a remarqué depuis des semaines maintenant. Ce bel homme, si différent de tous ceux que Lola a l'habitude de croiser depuis des années, et qui ne semble pas indifférent non plus à son charme. La toute première fois qu'elle est montée dans ce nouveau bus, ligne 14, pour se rendre à l'université, elle a croisé son regard. En lui disant bonjour, elle en a presque rougi. Sa beauté l'a laissée sans voix. Il était tellement charmant et souriant, hors du commun. Pas du tout le style play-boy que l'on peut apercevoir dans les magazines. Non… ! Bien plus séduisant et distingué encore. Totalement envoûtant !

Tout à coup, le bus arrive à son arrêt, près de la fac. C'est bien lui qui conduit. C'est toujours lui, d'ailleurs, à cette heure-ci ! La jeune fille est ravie, un peu inquiète certes, mais très excitée à l'idée de pouvoir échanger quelques mots avec lui, même si un panneau indique très clairement : « Interdiction de parler au conducteur ». Mais aujourd'hui, elle a décidé de passer à la vitesse supérieure. Elle va enfin oser lui proposer un rendez-vous. Elle n'a rien à perdre de toute façon, bien au contraire !

Les portes s'ouvrent, Lola monte la dernière dans le bus et lui montre son ticket.

— Bonjour ! Vous allez bien aujourd'hui ? lui demande-t-elle, en s'asseyant aux premières places à sa droite, comme pour mieux le voir.

— Bonjour à vous aussi. Je vais très bien… surtout lorsque je vous vois ! lui répond le chauffeur, avec un large sourire.

Lola s'apprêtait à continuer sa discussion mais la réponse du chauffeur la fait effectivement rougir un peu. Elle décide alors de reprendre ses esprits.

— Vous finissez votre travail à quelle heure parce que j'aimerais bien aller prendre un verre avec vous ce soir. Qu'en pensez-vous… ? demande Lola, surprise elle-même par ses propos.

— J'en serais vraiment très heureux. Je finis à 18h00.

— OK… ! Alors rendez-vous à 19h00 en bas de mon immeuble, à coté de l'arrêt de bus où vous allez me déposer dans quelques minutes.

Le bus venait d'ailleurs de stopper sa course à cet arrêt. Lola se préparait à descendre mais elle attendait sa réponse.

— Parfait, à ce soir, 19h00 ! Bon après-midi à vous, lui répond le chauffeur arborant un léger clin d'œil, avant de refermer les portes du bus.

Lola prend un instant pour déjeuner tranquillement, l'air vraiment très songeur. Un peu de rangement, de repassage et ensuite, elle en profite pour potasser largement ses cours avant de repartir pour la faculté. Le temps passe si vite quand on est en pause.

Les cours reprennent, l'après-midi lui semble encore beaucoup plus longue que la matinée. La fatigue la gagne peu à peu, elle manque même de s'endormir pendant les T.D. ! Il faut dire que ce nouveau professeur est assez soporifique puisqu'il a tendance à endormir ses étudiants et après le déjeuner, c'est plutôt difficile à supporter. L'envie de faire une sieste est là, alors, il faut résister encore un peu avant la fin de la journée.

La jeune étudiante ne regrette pas un instant son choix d'orientation. Elle veut devenir pédiatre. C'est sa vocation ! Mais elle déteste cette ambiance qui règne parfois dans les couloirs universitaires, ce manque d'humanité qui peut jaillir au milieu d'une foule de *« cara-*

*bins »*, ces bizutages inutiles et à moitié interdits, ces fiestas juvéniles, place de la Victoire, ou ailleurs… qui finissent parfois par déraper, dégénérer. Tous ces excès dont raffole sa colocataire mais qu'elle, déteste au plus haut point. Lola n'a jamais accepté la disparition brutale de son amie d'enfance, Ingrid, qui passait tous ses samedis soirs à s'enivrer jusqu'au coma éthylique, avec de faux amis. Elles n'avaient alors que dix-sept ans l'une et l'autre…

Lola est totalement différente et elle en est bien consciente.

Soudain, la sonnerie retentit. Ouf… il est enfin 17h00 ! Lola est sauvée et peut rentrer chez elle. Elle embrasse ses quelques copains et copines, presse le pas pour ne pas rater le bus. Et hop… la voilà partie pour un très long week-end ! La jeune fille va enfin pouvoir se détendre, seule, tout en écoutant un vieux CD de Cabrel ou le tout dernier d'Adèle. Mais il ne lui reste déjà plus qu'une heure et demi avant que son prince charmant vienne la chercher tout en bas de chez elle. Alors, sans perdre de temps, elle prend ce bain tant espéré et, une fois séchée, essaie plusieurs tenues avant de trouver la bonne. Ce sera jean slim, pull blanc et bottines. Simplicité oblige ! Un maquillage léger et le tour est joué. Lola n'est pas une excentrique, elle est juste un peu amoureuse. Un peu, beaucoup même !

18h55. L'interphone sonne. C'est lui ! Il est un peu en avance, qu'importe, Lola le rejoint. Elle est aux anges et lui aussi, apparemment. Il est venu en voiture, petite citadine noire. Il lui ouvre la porte.

— Après vous, Mademoiselle ! lui dit-il avec ce sourire identique à cet après-midi.

— Merci ! ajoute-t-elle.

Lola est surprise devant tant de galanterie, surtout à notre époque, mais elle apprécie beaucoup le geste. Ils partent se balader à travers toute la ville, tout en papotant, puis finissent par se poser dans une petite rue très animée. Ils se garent et entrent dans un pub. Lola sait à présent que son inconnu s'appelle Gabriel et qu'il a vingt-quatre ans. Elle lui offre un cocktail sans alcool, puis deux... Lui, il décide de l'inviter à dîner mais Lola commence à se sentir un peu mal à l'aise. Pour tout ce qui est alimentation, elle a toujours géré en surveillant de très près tout ce qu'elle peut bien avaler. Alors, comment faire, si ce n'est tout lui avouer ?

— Gabriel, je suis diabétique.

— Ce n'est pas un problème, lui répond-il.

— Vraiment ? Cela ne te choque pas ? questionne Lola.

— Non, je n'ai pas peur des piqûres ! plaisante Gabriel.

Lola est soulagée et ne le trouve que plus attirant après cela. Les garçons ont tellement peur de toutes ces choses d'habitude. Elle est tellement bien avec lui qu'elle décide de l'inviter plutôt chez elle pour dîner en lui expliquant qu'elle adore cuisiner et Gabriel accepte tout de suite l'invitation. Il est apparemment très gourmand. Ils repartent donc en voiture jusqu'à l'immeuble de Lola, trouvent une place et montent ensemble au premier étage.

— Entre et mets-toi à l'aise. Je vais préparer une petite viande grillée avec du risotto aux légumes verts. Ça te dit ? lui demande Lola.

— J'en ai déjà l'eau à la bouche… Mais je veux bien t'aider, si tu le désires, répond le jeune homme.

Les deux tourtereaux se mettent derrière les fourneaux, main dans la main. Elle lui raconte pourquoi elle a décidé, un jour, de faire médecine. Elle lui parle de sa vie épuisante, de cette vie étudiante… Lui, il lui parle de son métier fatigant, de sa vie de célibataire, parfois trop calme… Ils passent vraiment un très bon moment ensemble.

À présent, le dîner est prêt. C'est donc le moment de le déguster.

— C'est vraiment délicieux ! Tu es un sacré bout d'femme et un véritable petit cordon bleu, lui dit-il.

— Merci pour tous ces compliments, je n'ai vraiment pas l'habitude. Tu voudras un dessert avec ça ?

— Non merci. Mon dessert, ce soir, c'est toi ! Tu es mon île flottante, ma forêt noire, ma glace à la vanille…

A ces mots, Lola rougit un peu.

— Depuis que je te vois monter dans mon bus, tous les jours, à la même heure, je ne rêve que d'une chose : te serrer dans mes bras. En fait, j'ai le béguin pour toi depuis longtemps et je n'osais me l'avouer, tellement tu me troublais à chacune de tes apparitions. Mais là, ce soir, il fallait que je le dise.

Très émue, Lola remercie de nouveau Gabriel et admet qu'elle ressent les mêmes choses pour lui depuis leur premier regard. Puis, elle se lève pour débarrasser la table et lui demande d'aller s'asseoir sur le sofa. Elle le rejoint avec deux tasses de café. Côte à côte, ils échangent quelques baisers, mais lorsque la jeune fille pose la main sur la cuisse de Gabriel, cette fois-ci, c'est lui qui a comme un blocage. Il décide alors de ne rien lui cacher.

— Tu m'as avoué, tout à l'heure, que tu étais diabétique. Alors à mon tour d'être honnête avec toi.

— Je t'écoute Gabriel, répond Lola.

— J'ai eu un grave accident de voiture il y a cinq ans, juste après mon permis. Je n'étais pas en faute mais j'ai gardé de lourdes séquelles. Je porte une prothèse orthopédique au niveau de ma jambe gauche. Je suis désolé de ne pas te l'avoir dit plus tôt, mais…

— Chut ! Ne dis plus rien. Je me fous de ton handicap, tout comme toi tu te fous du mien. La plupart des personnes dans mon groupe, à l'université, ne savent rien de moi. Je ne leur dirai sûrement jamais ce que je suis vraiment, même si nous sommes tous destinés à devenir des médecins, des chercheurs, des kinés… Des professionnels du monde médical ou paramédical ! dit Lola.

Gabriel est subjugué par la maturité de la jeune femme.

— Nous sommes ce que nous sommes après tout ! Certes, je suis jeune, étudiante et j'ai toute la vie devant moi mais je mène une vie de dingue, ajoute Lola.

À ces mots, Gabriel lui répond que lui aussi, sa vie est totalement dingue.

— Je suis des cours dans des amphithéâtres gigantesques, au sein d'un campus colossal, dans une ville complètement démesurée. J'ai un boulot de serveuse le week-end dans une énorme brasserie juste pour pouvoir payer mes études et concrétiser mon rêve : devenir médecin pour les enfants et les ados ! Alors, vois-tu, la vie étudiante, ça me passe un peu au-dessus de la tête, lui explique Lola.

Ils semblent tellement bien ensemble ces deux-là…

— Aujourd'hui, je t'ai TOI et c'est beaucoup plus important que tout le reste. À deux, nos faiblesses seront notre force. Grâce à toi, je me sens déjà beaucoup plus forte pour aller bosser demain, et étudier après-demain. Pas toi… ? rajouta la jeune fille.

Gabriel est visiblement très ému par toutes ces paroles et il en a même les larmes aux yeux. À lui non plus la vie ne lui a pas toujours fait de cadeau. C'est pour cela qu'il a décidé, il y a deux ans, de plaquer l'université (avec une licence, tout de même) pour entrer dans la vie active. Aujourd'hui, Lola illumine sa vie. Il se sent le plus heureux des hommes.

— Tu as raison Lola, je crois bien que je suis en train de tomber amoureux. Tu es tellement… tellement…

— Gabriel, j'ai envie de passer la nuit avec toi. Viens ! Suis-moi dans mon refuge, mon petit jardin secret.

La nuit porte conseil, c'est sûr ! Pour ce qui est de Lola, rien n'est plus important, désormais, que tous ces petits moments de bonheur qu'elle partage avec Gabriel. La vie étudiante est un formidable tremplin entre l'adolescence et le monde adulte. Après tout, le quotidien d'un étudiant ne se résume pas qu'à l'université et à ses cours.

Et devenir médecin, ce n'est pas comme entrer au couvent, tout de même !

# Travailler autrement

L'établissement venait tout juste d'ouvrir ses portes. Le rideau de fer était levé.

— Pas le bras... !

Les quelques clients privilégiés affluaient déjà dans le hall d'entrée. Ils étaient massés là depuis trois quart d'heure et certains même étaient venus beaucoup plus tôt encore pour dénicher la super offre, l'affaire du siècle.

Effectivement, nous étions le mercredi 9 janvier 2008, il était 9h00 pile et c'était le premier jour du lancement des soldes d'hiver. Dans moins de deux semaines, tous nos produits bradés à -20, -30, -40 % devaient avoir disparu des rayons. Ceux qui ne le seraient pas encore devaient l'être d'ici la fin de la deuxième démarque, sinon, ce serait ma paye qui serait bradée, sacrifiée, ainsi que la leur.

— Comme chaque année !

J'étais là depuis plus de trois heures. Exceptionnellement – depuis quatre jours maintenant – mes collègues et moi-même préparions tous les produits, les différents services et leurs gadgets à solder. Comme à chaque fois, nous analysions, évaluions, prévoyions... Toujours les mêmes offres alléchantes, les mêmes « méga affaires » que le client pourrait faire en venant chez nous plutôt qu'en allant ailleurs, chez la concurrence où les marges de manœuvres n'étaient pas aussi larges.

D'ailleurs, n'avions-nous pas le monopole en matière de High Tech à cette époque-là ? La technologie nouvelle – *« dernier cri, ultra sophistiquée »* – était sûrement la meilleure chez nous pour tous ceux qui étaient accros de surconsommation, et surtout, pas trop regardants à la dépense.

Depuis combien de temps déjà je travaillais pour cette fichue boîte ? Huit, neuf, dix ans... Je ne le savais même plus d'ailleurs. Mes gestes étaient tous devenus si répétitifs, habituels. Tous mes mots, mes arguments aussi. Je ne vendais plus un produit en particulier : je cédais du vent ! Je brassais beaucoup d'air autour de moi avec mes bras, mes mains, mes doigts... Mes clients me restaient fidèles.

— A quoi bon ?

Je leur sortais tous mes discours appris par cœur à l'école des vendeurs. Ils buvaient mes paroles quand je leur expliquais ce qu'était un pixel, ou bien un écran LED, ou bien encore un giga octet. Mais moi, au bout du compte, je ne faisais que répéter, ressasser tout ce que l'on m'avait appris.

— Un vrai petit mouton !

J'appliquais à la lettre toutes les consignes de mon manager, et ce dernier ne faisait rien d'autre que de me transmettre toute la rage que ses supérieurs lui avaient inculqué bien avant.

— Un vrai bourrage de crâne !

Tel était le monde du travail et surtout celui du commerce ! Toujours plus haut, toujours plus loin, toujours plus fort.

On m'avait si souvent obligé à dépasser mes propres limites pour pouvoir avancer chaque jour et gravir les échelons de la hiérarchie, année après année.

— Et alors, qui étais-je devenu réellement ?

Ni plus, ni moins qu'un simple pion dans une société ! J'étais tout simplement devenu Monsieur X qui occupait un poste fortement éjectable dans une affaire commerciale Y de renommée mondiale et dont les fonctions premières étaient de vendre à outrance des produits Z – *soi-disant haut de gamme* – à des pigeons magnifiquement dorés qui n'y voyaient que du feu.

Voici en quelques lignes le résumé de ma pitoyable existence. Cette vie de luxe que je n'avais pas choisie, mais qui m'avait bien été imposé par deux géniteurs beaucoup trop aisés à mon goût. Une école de commerce, bien trop onéreuse et prétentieuse, que j'avais détestée dès la première heure de cours. De grosses firmes internationales où seules les grandes puissances, les plus fortunés, les mieux lotis – *et les moins engagés souvent, aux manières parfois les plus désinvoltes* – avaient leur place de choix. D'immenses structures où seul le plaisir de la force de vente et du produit le plus cher, comptait ; où seul le désir de posséder, primait ; où rien n'était plus juteux que les zéros alignés les uns derrière les autres, sur le chèque ; où rien ne flambait plus que la carte gold.

— C'était bien mon travail, si l'on peut encore appeler cela un travail !

Je me serais pourtant contenté de si peu en ce bas monde. Un simple job de vacances sur des bords de plages encore un peu sauvages, pas encore embourgeoisées. Un simple travail de caissier où chaque produit passé sur le tapis serait resté un besoin primaire ; où chaque caddie aurait suffi à nourrir une famille nombreuse tout entière pendant une semaine…

— Là au moins, je me serais senti tellement plus utile, et plus vivant aussi !

En jean, tee-shirt et baskets, enfilant une légère blouse blanche, rouge ou bleue, peu importe, au lieu de porter tous les jours ces horribles costumes trois pièces – *qui m'allaient à merveille, certes* – mais qui me donnaient toujours cet air sérieux, bien trop sûr de moi.

— À quoi bon d'ailleurs puisque nous étions tous en compétition, jour et nuit !

Je n'en pouvais plus…

Et dire qu'à quelques dizaines de kilomètres seulement, une usine gigantesque était en train de fermer ses portes, de liquider son personnel, de marteler des foyers déjà si fragilisés par la conjoncture économique actuelle. Alors, pourquoi devais-je continuer à faire comme les autres, comme si de rien n'était ? Comme si le petit ouvrier crasseux et sans diplôme n'avait pas plus de valeur que mes costards à mille euros ; comme si la vieille voiture familiale de ma voisine n'avait pas plus d'importance que ma grosse décapotable millésime 2009…

Je finissais par me dégouter. Je ne pouvais plus me regarder dans un miroir. Au diable les grands patrons, les bénéfices, les primes… et tous les autres avantages inavouables dont je profitais amèrement ! Je décidai soudain (après mûre réflexion, tout de même) de donner ma démission.

— Ce ne fut pas sans peine, bien évidemment !

Je préférai partir loin d'eux, tous ces vautours assoiffés de sang, de pouvoir et surtout, de chiffre d'affaires ! Je repris donc de plein droit, ma totale liberté, mon indépendance pour m'éloigner aussi de mes racines bien trop égocentriques et narcissiques. J'achetai alors un billet d'avion pour l'autre bout du monde, un aller simple sans aucun retour prévu avant très longtemps. Depuis le temps que j'en rêvais d'aller m'installer sur une île paradisiaque où le luxe est inexistant, où l'argent est secondaire – juste nécessaire en cas de besoin.

— Où le travail est un véritable don de soi !

Je suis aujourd'hui le gardien d'une petite île inconnue du Pacifique – *l'Île des Repentis* – où je n'ai ni supérieur, ni manager au-dessus de moi. Un vrai paradis sur terre où je n'oserais jamais implanter aucun magasin, ni aucune succursale susceptible d'endommager ma vue ou d'endeuiller la population, si petite soit-elle. Je cohabite allègrement avec tous les membres d'une tribu – *encore ignorée du grand public* – qui ne compte qu'une cinquantaine d'hommes, de femmes et d'enfants.

— Une grande famille, en quelque sorte !

Je suis leur bienfaiteur et travailler auprès d'eux est devenu pour moi une véritable raison de vivre, d'exister. Parfois aussi de survivre... Mes seuls liens avec le continent se limitent désormais à un seul aller-retour par trimestre pour nous réapprovisionner en produits de nécessité, que l'on ne trouve pas sur notre îlot flottant, et essayer de vendre quelques productions locales que nous fabriquons ou cultivons artisanalement.

J'en profite aussi pour envoyer mon compte-rendu trimestriel et manuscrit au siège de l'ONG, dont je suis devenu membre à part entière, afin de percevoir quelques précieux petits dollars en guise de ma bonne foi.

Mon seul but aujourd'hui est de pouvoir poursuivre ma mission en protégeant activement toutes ces terres sauvages, et pourtant si accueillantes, de la mondialisation.

— Zéro stress, zéro gaspillage et cent pour cent d'humanité avec comme seul acteur économique, l'Homme !

La vie au grand air me va à ravir, loin des tumultes de la ville, de la foule et de toute sorte de compétition. Je n'envie pas un seul instant mes anciens collègues de travail.

Alors, donnons-nous tous le mot : travaillons pour vivre et non le contraire !

# Un train d'avance

Le quai reste encore bien désert, tout me semble tellement silencieux. À quatre heures du matin, à part quelques oiseaux de nuit comme moi, qui d'autre éprouverait le besoin de s'envoler aussi loin ? Loin de son lit, de son nid, de son homme... Je me sens si nauséeuse aujourd'hui, sans doute à cause de cette forte odeur de poussière mouillée et souillée. Ou peut-être à cause de ces relents d'urine venus du fin fond des toilettes, ou encore à cause de tous ces immondes mégots, à moitié consumés, jetés à même le sol. Certainement à cause de tout cela à la fois...

Le train ne devrait plus tarder à entrer en gare maintenant. Il a un peu de retard ce matin. C'est plutôt étrange, d'ailleurs ! Lui qui est toujours si ponctuel d'habitude et qui semble toujours avoir comme une grosse horloge dans la tête. Le Big Ben à lui tout seul !

Deux jours, six heures et treize minutes que je ne l'ai vu, que je ne l'ai effleuré, touché, caressé... Juste ce dernier message sur mon téléphone portable :

— A très bientôt, ma douce colombe.

Il me manque. Pour la première fois de ma misérable petite vie, il me manque. Oh oui, terriblement ! Je prends réellement conscience, à cet instant même, de cette existence farfelue, d'une vie à cent à l'heure que nous menons tous les deux depuis des lustres. Cette façon de concevoir notre quotidien, ces sacrifices que nous avons pourtant souhaités faire l'un comme l'autre – l'un pour l'autre !

— Peut-être aussi était-ce le meilleur moyen de ne pas regarder la réalité en face, de se voiler la face tout simplement, sans jamais se retourner, ni se poser trop de questions, véritablement... ?

Son satané boulot de dingue et mes déplacements quasi quotidiens ; mon travail beaucoup trop fatigant et nos longues distances devenues si monotones ; ses incessants voyages vers le nord ou le sud de la France et mes fichus reportages dans tout le pays ; sa solitude tellement pesante et tous ces kilomètres parcourus à la vitesse du vent... Et tous ces gens que l'on croise du matin au soir, sur les rails, le bitume, entre quatre murs. Tous ces visages inconnus qui finissent par nous paraître pourtant si familiers, cette foule qui déambule, s'amasse et me bouscule pour prendre place dans chacun de ses trains, dans chacun de ces wagons que je connais par cœur, dans un sens comme dans l'autre. Tous ces allers et retours pour remplir mon contrat mensuel, pour ne pas rester sans rien faire. Tous ces va-et-vient pour se tuer à la tâche, pour gagner de plus en plus et ne manquer de rien, ni tomber dans la routine.

— Mais qu'avons-nous construit réellement, en dix ans, tous les deux ? Quel bonheur avons-nous goûté lui et moi, vraisemblablement, entre deux portes, entre deux couchettes ?

Je me souviens de tous nos ébats – aussi précipités furent-ils par moment – à chacune de ses pauses, à chacun de mes passages en gare, à chacune de nos correspondances... Je n'ai pas oublié le goût sucré, ou amer, de ses baisers volés entre deux longues absences. Je me remémore chacune de ses lettres, toutes plus enflammées les unes que les autres, qu'il me glissait sous l'oreiller, au hasard d'un nouvel hôtel. La rouge, écrite un jour de Saint-Valentin, dans laquelle il m'expliquait que notre relation était la plus belle, la plus sincère et la plus intense (à ses yeux, bien sûr)…

— J'ajouterais surtout, la plus haletante !

La bleue, qu'il m'avait envoyée par la poste, en colissimo, pour nos deux ans de mariage. La verte, qu'il m'avait si gentiment lue au coin du feu – sans que je ne m'endorme – dans un chalet de montagne où l'on passait un week-end en amoureux. Et tant d'autres encore, de toutes les couleurs, de toutes les formes…

Toutes ces belles déclarations d'amour où chacun de ses mots sentent la nicotine et l'après-rasage mélangés, où chacune de ses phrases se terminent par un simple *« Je t'aime »*, où chacune de ses entêtes sont pour le moins différentes les unes des autres. Mais au fond, tout est toujours pareil. Les lettres, les mots, les phrases, les paragraphes… Toujours plus forts, plus profonds, plus expressifs surtout.

Quel mot n'a-t-il pas employé encore ? Aucun. Quel surnom ne m'a-t-il pas encore donné ? Aucun. À chacune de nos retrouvailles, il invente une nouvelle histoire. À chacun de mes sourires, il se fait tout un cinéma. À chacun de ses regards, je fonds comme neige au soleil.

— Mais bon sang, comment ai-je pu tenir aussi longtemps loin de cet homme ? Loin de ses bras, de ses mains, de sa bouche, de son corps tout entier, de cette chaleur qui émane de lui…

Comment a-t-il pu, lui aussi, résister au désir de tout arrêter, par instant ?

Sommes-nous tous aussi cruels par amour, ou seulement par stupidité ? Courir, courir toujours plus vite pour attraper le prochain bus ou le prochain train. Attention, pas n'importe quel train ! Celui qui fait Paris-

Marseille en quatre heures : le n°7513. Ou celui qui fait Marseille-Paris en trois heures et trente minutes : le n°1375 ! Celui qu'il a toujours conduit depuis quinze ans, et qu'il connait si bien. Son bijou, son appartement roulant : ce mythique TGV dans lequel nous nous sommes rencontrés.

Je me suis si souvent demandée ce qu'un homme tel que lui pouvait bien faire avec une femme comme moi, ce qu'un loup solitaire comme Dimitri pouvait bien apprécier chez une petite puce telle que moi, toujours en train de sauter et de courir partout. Et pas seulement dans le train… ! Comment un bel âtre comme cela – qui plus est calme, posé et consciencieux – pouvait-il rechercher à tout prix la compagnie d'un petit bout de femme plutôt banale comme moi, toujours en train de bouger, de jacasser, de se mouvoir du matin jusqu'au soir ?

— Comment deux êtres aussi différents l'un de l'autre peuvent-ils arriver à se trouver des points communs, à s'accorder… à se compléter, finalement ? C'est là tout un mystère que je ne résoudrai sûrement jamais !

Certains de nos amis nous trouvent bizarres, d'autres nous trouvent vraiment assortis, très dépendants l'un de l'autre. Mon amie d'enfance me répète sans cesse qu'elle ne saurait vivre comme nous – toujours en liaison radio ou ferroviaire – elle qui a un grand besoin de stabilité. Avec son mari, ils ont fondé une famille et passent pratiquement toutes leurs soirées réunis avec leurs quatre enfants, dans leur grande maison de campagne. Moi, je passe quasiment toutes mes soirées dans des grands hôtels ou dans mon petit appartement, seule, loin de celui que j'aime tant. Loin de Dimitri, de celui qui est pourtant mon mari depuis bien des années…

— Est-ce que cela finira par nous arriver un jour, à nous aussi ? Je n'en sais trop rien.

J'ai trente-cinq ans aujourd'hui, il en aura quarante dans deux mois. Va-t-il encore penser à mon anniversaire, va-t-il me surprendre comme chaque année ou finira-t-il par oublier cela aussi… ?

Je commence à trépigner sur le quai de la gare, la connexité n'est plus de rigueur. Ce retard commence à me turlupiner. Je déteste devoir attendre, encore et toujours. J'ai comme l'impression d'avoir passé toute ma vie à attendre. Qui ? Quoi ? Je ne sais plus. Attendre mon tour chez le dentiste ou chez l'esthéticienne, attendre une réponse pour un poste de journaliste dans toutes ces agences de presse que j'ai dû contacter à mes débuts. Quelle galère… ! Attendre mon tour à la caisse du supermarché ou chez le boulanger, attendre un signe de la part de mon père pour qu'il me dise enfin qu'il est fier de moi. Maintenant, c'est trop tard… ! Attendre dans le hall d'entrée que la pluie cesse enfin de tomber, attendre l'amour, l'homme de ma vie.
— Comme dit si bien le proverbe : « *Tout vient à point à qui sait attendre* ».
Ce n'est pas toujours vrai, malheureusement.

Quinze minutes de retard à présent. C'est trop pour moi, ce n'est pas dans ses habitudes. Je n'en peux plus, il faut que je l'appelle. Tant pis ! Je prends le risque.
— Allô mon amour, c'est bien toi ?
— Non Salomé, c'est son collègue, Edouard. Tu te souviens de moi ?
— Oui… un peu… Où est mon mari ?

— Désolé Salomé, mais le TGV de Dimitri a eu un accident. Ça s'est produit il y a une heure environ à hauteur d'un passage à niveau, dans le quatrième arrondissement. Le chauffeur d'un camion s'est endormi au volant et a percuté le train de plein fouet. Ton mari est grièvement blessé et a été transporté à l'hôpital de la Tour Blanche. Toutes les voies sont encore bloquées.

— ...

— Tu es toujours là ? Tu m'entends Salomé... ? me demande Edouard.

— À quel hôpital se trouve-t-il ? Dis-moi vite où je dois me rendre.

— À l'hôpital de la Tour...

Je raccroche sans dire au revoir, ni même merci à son collègue. Je ne dois pas perdre une seule seconde, ni m'effondrer, ni m'apitoyer sur mon propre sort. Je dois partir le rejoindre au plus vite, voler au secours de mon beau Dimitri. Mon homme, mon âme sœur, celui que j'aime tant et qui me manque tant en cet instant. Je cours, je cours vers mon immeuble. Cinq minutes à pieds bien foulés. J'ai peur mais je ne me laisse pas envahir par ce sentiment si effroyable. Je sens quelques larmes monter mais je ne les autorise pas à sortir. Je dois garder la tête froide, et l'œil bien clair, pour pouvoir prendre le volant. Arrivée au parking, je clique sur cet énorme trousseau de clés pour déclencher l'ouverture centralisée de ma petite citadine, mais ça résiste. J'essaie à nouveau, j'insiste puis je reprends ma respiration profondément. Ça y est, c'est bon maintenant, ça marche ! Je jette toutes mes affaires à l'arrière du bolide et m'assieds rapidement sur le siège conducteur. J'introduis ma clé nerveusement puis je tourne jusqu'à ce que le moteur se mette en marche. Me voilà enfin partie, direction les urgences de l'hôpital de la Tour Blanche.

La nuit est bien noire. Pas de lune à l'horizon, pas une seule étoile qui brille là-haut dans le ciel. Les phares des autres véhicules m'éblouissent et m'exaspèrent. La route me paraît bien longue. Dernier rond-point, j'y suis enfin. Je me gare, le parking est désert lui aussi. Je descends de mon engin à moteur, verrouille les portes et cours, cours encore une fois de plus. Je ne sais rien faire d'autre que courir, d'ailleurs…! Une silhouette à peine éveillée m'indique le service des urgences mais à peine arrivée, je découvre une salle d'attente bondée. Les familles de victimes sont déjà sur place. Je m'introduis au milieu de la foule – cette masse gémissante et larmoyante. J'ai l'habitude! Je me faufile parmi toutes ces personnes désespérées et j'aperçois enfin la vieille dame à l'accueil, tout aussi dépassée par les événements. Je parviens jusqu'à elle, tant bien que mal, et lui demande rapidement où est ma moitié, où est mon pauvre Dimitri.

— Madame, votre mari est encore en salle d'opération. Calmez-vous et allez-vous asseoir! On viendra vous chercher.

Plutôt expéditif l'accueil. Totalement déplaisante, pas un trait d'humanité. Quel désarroi…! Je ne peux ni le voir, ni l'apercevoir, ni lui prendre la main, tout simplement! Il est là-bas, tout seul dans cette pièce froide, avec des lumières aveuglantes partout au-dessus de lui, à subir je ne sais quelle opération, d'ailleurs. Cette immense salle où s'entrechoquent des instruments de chirurgie, où s'entremêlent des odeurs d'aseptisant et de sueur d'un personnel hospitalier – parfois tellement inhospitalier – cumulant des gardes depuis des jours et des jours... Il est là, à quelques mètres de moi, et je ne peux le prévenir de ma présence. Peut-être la sentira-t-il auprès de lui... ?

J'ai froid tout à coup, moi aussi. Je me sens mal, seule et triste. J'ai l'impression que l'on est en train de m'arracher le cœur, de m'amputer d'une jambe ou d'un bras. J'ai des frissons. Il me manque trop ! J'ai un terrible mal au bide, comme si quelque chose se contractait, se figeait dans tout le bas de mon ventre. Comme si mes ovaires étaient en feu, sur le point d'exploser...

— Stop ! Il faut que ça s'arrête.

Je demande où sont les toilettes, je vais me passer un peu d'eau sur le visage. Ça va déjà beaucoup mieux ! Je sors de cet endroit qui sent la javel à plein nez. Un grand homme brun vêtu d'une longue blouse blanche et d'un masque sur le visage apparait. Il cherche Madame Valence.

— C'est moi, lui dis-je.

— Ah, bonjour Madame. Vous êtes bien l'épouse de Monsieur Dimitri Valence ?

— Oui, c'est bien moi, Salomé Valence. Comment va mon mari, Docteur ? Que lui avez-vous fait ? lui demandai-je.

— Venez avec moi, Madame, je vais tout vous expliquer en détail.

Je suis alors cet homme sans broncher. Il m'emmène voir mon mari. Enfin... !

— Nous avons opéré votre mari en urgence dès son arrivée à l'hôpital car il avait subi un énorme choc lors de l'accident. Sa rate était très abîmée et il commençait à faire une hémorragie interne. Nous lui avons donc retirée et je peux vous affirmer que l'opération s'est bien déroulée. Pour l'instant, il doit rester en salle de réveil mais son état de santé n'est plus critique, ses fonctions vitales ne sont plus en danger et il est stabilisé. Il devrait donc se réveiller d'ici une petite heure.

— Oh ! merci Docteur. Merci, merci…

—Vous pouvez venir le voir de plus près, l'embrasser si vous le souhaitez, mais vous ne devez surtout pas le fatiguer. Il doit encore se reposer. Je vais faire préparer sa chambre individuelle, sans oublier d'y faire installer un lit supplémentaire pour vous. Ainsi, vous pourrez aller vous reposer tout en l'attendant. Je pense que vous en avez bien besoin, non ?

— Oui… Merci. Vous avez raison, je suis épuisée. Merci encore Docteur, vous êtes un bienfaiteur.

— Je ne fais que mon travail, Madame. A plus tard ! me répondit-il.

A présent, je peux prendre la main de mon chéri adoré – seulement deux petites minutes – juste le temps de lui faire sentir ma présence à ses côtés et déposer un baiser sur ses lèvres encore endormies, pour qu'il n'oublie pas que j'existe. Les larmes aux yeux, je me dirige vers la chambre 113.

— Tiens, c'est peut-être un signe ?

Lasse, je finis par m'effondrer sur le lit, mes larmes coulent… Apaisée – *enfin* – je ferme les yeux et m'endors à mon tour. Je suis comme plongée dans un profond sommeil, dans un léger coma qui me rapproche étrangement de Dimitri. Je le vois, je le sens, je l'entends même. Les minutes passent, les heures puis soudain, je rouvre les yeux. Qui vois-je devant moi, allongé dans son lit ? C'est bien lui : Dimitri !

— Oh, mon amour, si tu savais comme j'ai eu peur ! Tu m'as tellement manquée et je suis si heureuse de te revoir, bien plus encore que toutes les autres fois, entre deux longs courriers, entre deux relations textuelles…

— Moi aussi ma douce et tendre, je suis si heureux de te savoir ici, à mes côtés, malgré tout. Malgré nos vies si éloignées l'une de l'autre, malgré tout cet espace qu'il peut y avoir entre nous du matin au soir, malgré cette destinée un peu disloquée…

Je sentais l'émotion me gagner et lui aussi.

— Je t'aime tant Salomé, je ne veux plus jamais te quitter. J'ai eu si peur lorsque ce camion m'a embouti, si tu savais ! Je ne supporterai plus jamais d'être séparé de toi, mon amour. C'est devenu beaucoup trop difficile de vivre sans toi pendant des jours entiers. Tu me manques trop, à chaque instant.

Voilà que maintenant je me remets à pleurnicher comme un saule pleureur. Des larmes de joie, de soulagement surtout. Rien ne pouvait me faire plus plaisir à présent, rien ne pouvait me combler davantage que tous ces mots qu'il venait de m'avouer, sans me les avoir écrits auparavant dans une de ses belles missives. Et tout cela, dans une telle douleur physique, et peut-être morale aussi. Alors je pleure, encore et encore…

— Mais bon sang, qu'est-ce que j'ai à la fin ? Je deviens sentimentale, moi, cette femme indépendante et autonome que j'ai toujours été ?

Et lui, mon Dimitri adoré, lui qui n'a jamais vraiment ouvert son cœur à personne, qui ne m'a jamais murmuré plus que quelques mots d'amour bien trop charnels, quelques billets doux bien trop érotiques, deviendrait-il sentimental à son tour ?

Moi qui pensais qu'une relation comme la nôtre n'avait besoin que de piment pour avancer dans le temps, ne sommes-nous pas en train de muter vers une nouvelle vision des choses, une nouvelle attente de notre amour ? Je crois bien que si.

Ses multiples blessures le font souffrir, surtout sa longue cicatrice. Cette belle balafre laissée par un chirurgien qui lui a tout de même sauvé la vie. Les antalgiques et les anti-inflammatoires ne le soulagent pas totalement, mais c'est un dur, mon bonhomme ! C'est un coriace mon chauffeur de rails, mon « dérouteur » de nuits... A présent, je peux tout lui avouer moi aussi, tout lui dire sans avoir la moindre crainte. Je peux laisser parler mes sentiments à mon tour : une dernière correspondance entre lui et moi. Pas un adieu, bien au contraire !

— Dimitri, mon tendre amour, j'ai beaucoup pensé à toi ces derniers jours. Depuis notre dernier rendez-vous en fait, et encore plus depuis quelques heures. Depuis ce tragique accident, je ne cesse de penser à toi, à nous, à notre avenir. Je ne me suis jamais autant posé de questions. Avant, je vivais au jour le jour. Je vivais l'instant présent avec toi, et trop souvent sans toi. Ainsi, nous avions fait nos choix – sans jamais revenir là-dessus – mais à présent, tout me semble tellement différent. Je suis différente, tu es différent, notre vie devient différente. Sans oublier tous ces merveilleux instants passés ensemble – aussi courts furent-ils par instant – ni toutes ces folles années à courir l'un vers l'autre, entre deux locomotives, entre plusieurs plis, entre deux navettes... Mais à présent, je suis fatiguée de tout cela !

Il me paraissait si fatigué lui aussi que je devais aller droit au but.

— J'en ai vraiment marre de sauter, de courir ainsi sans jamais atteindre de but, sans jamais récolter plus que quelques flashes de bonheur, plus que trois secondes de plaisir. Je ne supporte plus tous ces kilomètres entre nous, toutes ces nuits complètes sans toi – toutes ces journées incomplètes avec toi. Je souhaite vivement me poser, quelque part, avec l'homme de ma vie. Toutes ces lettres exaltées, ces interminables parchemins, ces messages coquins, ces aveux épistolaires... Je dis STOP, il faut que ça s'arrête cela aussi. Comme le train qui entre en gare pour deux minutes d'arrêt ou le bus qui stoppe son élan au terminus.

— Je suis tout à fait d'accord avec toi ma douce colombe, ce n'est plus une vie que la nôtre. Nous avons effectivement tant de choses à nous dire, tant de temps à rattraper.

— Oui, mais avant tout, je dois te dire une dernière chose très importante. La plus importante de toutes.

— Quoi ? Tu me fais peur...

— Je suis enceinte !

— ... ?

— Je sais bien que c'est médicalement impossible. Le gynécologue avait été formel là-dessus : j'étais stérile à 99,99% ! Comme quoi, tout peut arriver dans la vie : le pire comme le meilleur. Tu es là, dans ce lit d'hôpital, tu as failli mourir et moi, je porte ton enfant, notre enfant. La vie, la mort... tout est tellement relatif !

— Je suis énormément surpris mais à la fois, extrêmement heureux. Rien ne pourrait me combler davantage aujourd'hui : une femme exquise, une épouse merveilleuse et une future maman admirable, j'en suis certain. Si tu savais à quel point je peux t'aimer.

— Je pense que j'en ai une vague idée à présent et je ressens exactement la même chose pour toi, Dimitri.

Je crois que nous avons atteint le comble du bonheur en quelques minutes. Dépêche-toi de guérir pour pouvoir rentrer à la maison, chez nous – même si chez nous, c'était un peu partout jusqu'à présent. Je suis vraiment lasse de toutes ces communications secrètes. J'ai hâte que nous trouvions ensemble un véritable petit nid douillet pour nous trois. Puisque tu es maintenant bien réveillé, je vais aller de ce pas contacter plusieurs agences immobilières dans la région afin de dénicher la perle rare. Qu'est-ce que tu en penses ?

— C'est une très bonne idée ma puce. Vas-y, pendant ce temps je vais essayer de me reposer un peu. Je me sens vraiment très fatigué à présent. Prends bien soin de toi ma Salomé. De vous… ! Et surtout, n'en fais pas trop, d'accord ?

— Oui mon amour, lui répondis-je.

— À plus tard, me répondit Dimitri avant de fermer les yeux, fatigué mais serein.

Je pars illico, le sourire aux lèvres et des rêves plein la tête. Je sautille dans la rue mais tout à coup, mon ventre me fait un mal de chien. Il me tiraille et cela m'oblige à m'arrêter et à m'asseoir doucement sur un banc. Simple petit rappel à l'ordre, je pense. Je ne suis plus seule à présent. Un petit être est en train de grandir en moi, de pomper toute mon énergie, de se nourrir de ce lien si étroit qui nous unie. Désormais, je ne pourrai plus me permettre de gambader comme une jeune biche à travers la ville, ni virevolter comme les feuilles à travers la campagne. Je vais devenir maman, enfin – moi qui n'y songeais même plus depuis fort longtemps !

Je me rends compte soudain que j'en ai même oublié ma voiture sur le parking de l'hôpital. Zut... ! Trop submergée par les émotions fortes de ce matin.

— Tant pis, la marche à pieds, ça fait du bien, enceinte ou pas !

Je me dirige alors vers cette agence immobilière, dans la rue étroite qui donne à la gare. J'y suis passée devant tellement souvent – à toute heure du jour, ou de la nuit – pour attraper une énième correspondance, pour ne pas rater un train qui partait, un bus qui arrivait... Mais aujourd'hui, le 18 octobre 2010, j'y entre pour la première fois. J'ai à faire à deux messieurs, plutôt machos mais assez sympathiques tout de même. Ils prennent le temps de m'écouter – vu mon état sûrement. Si tout va bien, ils pourront nous faire visiter quatre appartements en plein cœur de Lyon, et deux autres, plus retirés, à l'ouest de la ville. Petit quartier tranquille, loin du tumulte citadin. Un endroit où l'on pourrait peut-être envisager y passer une dizaine d'années – voire une vingtaine – lui et moi, pour élever notre futur enfant, nous qui n'avons jamais dormi plus d'une semaine au même endroit. De quoi nous émoustiller un peu, tous les deux, pour quelque temps.

Tout est envisageable à présent, pourvu que chacun de nous deux puisse obtenir un poste plus proche et plus stable, bien évidemment. Dimitri pourrait conduire autre chose que le TGV : le métro, par exemple, ou encore le bus. Ainsi, il resterait toujours sur place, près de moi, et serait beaucoup plus présent pour notre petit bout d'chou. Il pourrait aussi envisager une reconversion professionnelle... Quant à moi, je pourrais demander une mutation dans le journal local. Après tout, si je suis un bon élément à Paris et à Marseille, pourquoi ne le serais-je pas ici, à Lyon ? Ou bien alors, je demanderais un congé parental pour un an – voire pour deux ou trois ans – histoire de décrocher un peu de cette vie de fous. Nous pourrions aussi envisager de tout plaquer pour changer radicalement notre quotidien : élever des chèvres là-haut dans la montagne ; ouvrir une maison d'édition dans la vieille ville ; tenir une auberge en plein cœur des Alpes ; s'acheter une petite île rien que pour nous deux...

— Pourvu que l'on soit ensemble, en parfaite harmonie !

Bref ! Différentes solutions existent. À nous maintenant d'écrire nos intimes convictions, nos ultimes exigences à nos employeurs respectifs.

Notre dernier télégramme...

## Les femmes de l'ombre

Un dernier petit coup de balai magique avant de passer la terrible serpillière et me voilà redescendue encore d'un niveau supplémentaire. Il ne me restera plus que deux étages ensuite, en comptant celui-ci, et ma journée sera enfin terminée. J'en ai déjà fait le triple ce matin en seulement quelques heures. Je devrais donc être dans les temps, une fois de plus.

Je prends mon temps justement – *pour une fois* – tout en m'efforçant de bien m'appliquer dans cette dure besogne que j'exécute depuis si longtemps maintenant. Surtout ne rien laisser derrière moi, ne rien oublier d'important au final. Surtout pour eux !

Et rebelote... Chiffon humide et légèrement parfumé pour pouvoir enlever, décoller toutes traces laissées sur les bureaux ou les fauteuils, les tables ou les chaises, les étagères ou les portes. Sans oublier les poignées chromées, les rampes d'escalier en chêne massif et les cages d'escaliers en verre et acier inoxydable. Aspirateur, avec ou sans sac, toujours aussi lourd et bruyant – *surtout pour mes pauvres oreilles à fleur de peau* – afin de nettoyer en profondeur ces quelques bouts de moquette, bien trop fragile et claire à mon goût pour tant de passages, d'ailleurs ! Douce raclette pour assainir toujours plus ces grandes baies vitrées à hauteur d'escabeau et laisser passer la vive lumière du jour, les rayons de soleil toujours aussi brûlants. Jolies poubelles métalliques que je vide sans effort, qui débordent chaque jour un peu plus de papiers froissés, gâchés et quelquefois, tant gaspillés. Et ensuite, c'est le balai. Toujours aussi sec et rebelle celui-là – *un peu comme moi d'ailleurs* – pour débarrasser les sols carrelés ou marbrés de tous détritus qui n'ont même pas lieu d'être ici et là, dans ces lieux tout aussi luxueux que des palais anciens, des palaces obséquieux. La serpillière aux larges franges aseptisées pour laver des surfaces quasiment toujours brillantes, sans jamais rester glissantes trop longtemps. Surtout ne pas prendre de risque ! Et ainsi de suite, jusqu'à ce que je finisse par atteindre le bas de cette grande tour d'ivoire, le rez-de-chaussée de cet immeuble insubmersible tout comme l'était le Titanic avant d'échouer.

Mais au fond, se rendent-ils vraiment compte au moins de tout ce que je fais pour eux, ici, au quotidien ? Tous ces messieurs en beau costume trois pièces et cravate assortie et ces dames en tailleur-jupe et talons aiguilles interminables, lorsqu'ils arrivent le matin à 9H00 dans leur voiture avec chauffeur, savent-ils que bien avant eux, ma journée de travail a déjà commencé depuis exactement quatre heures ? Et lorsqu'ils me passent juste à côté pour prendre possession des lieux, à ce moment-là, m'aperçoivent-ils au moins une fraction de seconde ? Lorsqu'ils repartent le soir à 16H00, savent-ils qu'à ce moment-là, c'est moi qui vais reprendre les rennes de ce magnifique quartier, faire en sorte que tout soit nickel pour le lendemain, même si je dois tout de même revenir dès l'aube pour tout aseptiser avant leur entrée fracassante ? Sûrement pas, à vrai dire, sinon je ne me poserai pas toutes ces questions aujourd'hui. Après toutes ces années de bons et loyaux services, que dire de plus finalement ?

— Mais en réalité, comment font-ils... ?

Lorsque je vais faire mes courses à la supérette de mon quartier populaire, je regarde la caissière bien droit dans les yeux lorsqu'elle m'annonce le montant que je lui dois. Je ne détourne jamais mon regard du sien et elle non plus ne semble avoir peur de croiser le mien. Nous sommes, l'une et l'autre, au même niveau, sans nul doute.

Sans doute est-ce cela, justement, qui les tétanise tout au fond d'eux ? Cette différence trop importante qu'il y a entre eux et moi. Quand ils me croisent, me frôlent presque, peut-être ont-ils un peu honte de ce que je suis, ou plutôt, de ce qu'ils sont par rapport à moi ? Pas moi ! J'assume parfaitement ce que je suis – *et ne suis pas*. Ainsi que tout ce que je dois faire pour vivre ou survivre. Je rends service à des personnes dans le besoin, aussi aisées soient-elles. Ces mêmes personnes qui, d'ailleurs, se croient tellement indispensables, irremplaçables... n'ayant jamais besoin de personne !

Ironie du sort : « *Tout le monde a besoin, un jour ou l'autre, d'un plus petit que lui.* »

Même si je les dépasse d'une bonne tête pour la plupart ; même si je suis loin d'être invisible mais plutôt imprévisible ; même si j'ai soudain l'impression d'arpenter ces lieux depuis des siècles, eh bien, ils trouvent toujours le moyen de ne pas m'identifier, de faire comme si je n'existais pas en fait.

— Mais bon sang, comment font-ils vraiment ?

Chacun d'entre eux croit naïvement que sa poubelle se vide toute seule comme par enchantement, que son bureau est autonettoyant comme le four à pyrolyse, que son reflet dans tous ces objets n'est dû qu'à son égo bien trop exacerbé, que le parfum d'ambiance se vaporise tout seul sans mon intervention à tous les étages.

Que leur faut-il de plus à mes supérieurs ? Ne voudraient-ils pas non plus que je leur cire les pompes tant que j'y suis ?

— Et puis quoi encore ! Cela n'a jamais fait partie de mes attributions.

Je suis bien assez polyvalente (polie et vaillante surtout) et tout aussi flexible pour mon âge, malgré les douleurs articulaires qui ont envahi mon corps. Ma fiche de poste est suffisamment bien chargée comme cela pour une seule et même personne, dans une seule et même journée. Ce sont d'ailleurs très souvent – *pour ne pas dire tout le temps* – les métiers les plus ingrats et les plus fatigants, les plus manuels et les plus exécutoires qui sont, comme par hasard, les moins reconnus. Des visages dans l'ombre...

— Ah, si seulement j'étais un homme !

Qui plus est, un haut fonctionnaire, un haut responsable, un haut dirigeant... on m'appellerait *« Monsieur DESASTRO »*, on me saluerait à chacun de mes passages. On déroulerait même le tapis rouge bien avant mon arrivée, me réserverait une place particulière partout où j'irais et je bénéficierais d'un chauffeur privé et de gardes du corps. Certes, j'aurais sûrement plus de responsabilités qu'actuellement mais je serais payée en conséquence. Je devrais aussi prendre des décisions très importantes qui auraient, sans aucun doute, des répercussions positives ou négatives, directes et parfois inattendues sur beaucoup de personnes, proches ou non de moi.

— Mais au moins, je me sentirais sûrement beaucoup plus écouté et apprécié qu'à l'heure actuelle.

Au lieu de tout cela, on ne m'appelle pas. Ni par mon nom, ni par « Madame un tel ». À peine par mon prénom, sûrement trop difficile à prononcer pour eux : *Javièra !* On me dit à peine bonjour ou au revoir et on me laisse les tapis à secouer en guise de bonne foi. Aucune place ne m'est réservée à l'avance, ni dans le bus, ni dans le métro, ni dans aucun autre moyen de transport d'ailleurs ! Même lorsque je me rends au boulot avec mon propre véhicule, je n'ai jamais eu aucun emplacement réservé pour moi.

— Débrouille-toi ma pauvre fille ! Trouve-toi une place, et surtout, sois à l'heure !

Peu leur importe si je mets cinq minutes ou une demi-heure à repérer une place libre, une minute ou vingt minutes à pieds pour rejoindre l'immeuble et embaucher. On les dépose devant, eux ! Il n'y a jamais personne pour m'emmener où je désire aller si ce n'est ma petite citadine de quinze ans d'âge, dont je vais devoir me séparer incessamment sous peu pour une bien plus jeune qu'elle d'ailleurs, non polluante... Ou alors, mes vieilles guibolles de soixante-cinq printemps déjà.

Pourtant, moi aussi, j'ai des responsabilités, comme chacun d'entre nous dans ce fichu monde du travail, et je les assume toutes ! Tous les jours, je dois veiller sur mon matériel, aussi petit soit-il, aussi inefficace puisse-t-il être parfois. Tous les matins, je dois bichonner mes manches pour qu'ils ne rendent pas l'âme, qu'ils n'abîment pas ma peau, mes muscles, mes tendons... et continuer à astiquer, malgré tout, ce vieil immeuble de fond en comble pour que chaque grain de poussière disparaisse, que chaque tâche de la veille ne soit plus qu'un lointain souvenir, que chaque goutte d'eau sur les vitres s'évapore en un claquement de doigt. Et tous les soirs, faire en sorte que tout soit prêt à nouveau pour le lendemain, pour un autre ou pour une autre – *de passage ou pas* – dans ces locaux parfois tellement silencieux mais tout autant vertigineux de par leur architecture. Comme le sont souvent tous ces magnifiques bâtiments d'antan !

Je dois me rappeler à chaque instant que je suis moi-même juste de passage entre ces murs, même si cela fait déjà trente ans que j'y use mes sandales et ma carcasse.

— Que je suis moi-même une antiquité !

Moi aussi, finalement, tous les matins j'ai des décisions à prendre, ici. Et ces dernières aussi peuvent influer sur la vie des autres. Pas ceux qui m'entourent bien sûr, non... ! Ceux-là même plutôt pour qui je me sacrifie et m'étire dans tous les sens juste pour faire briller leur vie, leur lieu ambigu, leur espace de travail ou leur petit coin de détente. Leur si belle vue plongeante sur la capitale ! Ceux-là même qui ne me voient pratiquement jamais mais me signent inévitablement mes chèques une fois par mois. Ceux-là même qui en oublient jusqu'à mon nom, mon visage, mon existence et passeront très vite à autre chose le jour où je partirai et ne serai plus parmi eux. Mais surtout, tous ces hommes et toutes ces femmes que je ne pourrai jamais oublier  – *même si je le voulais –* à cause de tout ce qu'ils ne m'auront jamais dit, jamais fait. À cause de ce mal être inconscient que j'aurai développé bizarrement à leur simple contact et gardé, enfoui en moi toutes ces années, sans qu'ils ne se doutent jamais de rien.

Je me sens aujourd'hui dévastée, détruite mais surtout, tellement soulagée au fond de moi de les quitter – *enfin –* et de pouvoir tourner définitivement cette page. De partir par la grande porte cette fois-ci malgré une profonde déception de n'avoir été pour eux juste une exécutante, un sous-fifre, une soubrette tapie dans l'ombre, cachée derrière des plantes toujours vertes et bien plus vivantes qu'eux finalement. La tête haute malgré tout, les épaules bien droites malgré l'arthrose qui me les rongent depuis trop longtemps sans que rien n'y paraisse, le cœur fatigué mais tellement ravi de pouvoir enfin mettre son rythme en pause, une bonne fois pour toutes.

C'est donc mon dernier jour ici bas, parmi ces fous, ces robots, ces zombies... Sans rien dire, sans rien attendre non plus, je finis mon travail comme à mon habitude et rentre chez moi, sans détour. Pas de pot de départ surprise, ni de félicitations hasardeuses pour mes dernières heures de femme active. Cela aurait été finalement si hypocrite, surtout venant d'eux. Juste une présence plutôt inattendue et inhabituelle : celle de mes deux remplaçantes dont ils auront réussi à me cacher l'existence jusqu'au bout. Je ne tarde d'ailleurs pas à leur dire :
— Bienvenue les filles et surtout, bon courage à toutes les deux !

Après tout, la retraite, c'est censé être un nouveau départ. Pourvu que la mienne me soit douce, bénéfique et me fasse oublier à mon tour jusqu'à leurs noms, leurs fonctions, leurs visages... Leur existence tout entière !

# Les tournesols

Du haut de son tracteur, intrigué, il observe très attentivement les deux silhouettes qui se faufilent au loin entre les tournesols.

*Troublé au plus haut point, Christian s'était subitement arrêté sur le chemin de terre et avait stoppé le moteur de son énorme bolide, qui roulait à peine à cinq kilomètres à l'heure.*

Il suit toujours du regard les deux formes lointaines qui se dissipent peu à peu au milieu des hautes tiges, jusqu'à ce qu'il ne les aperçoive plus du tout. Il attend alors quelques instants, en silence, perché là-haut sur son terrible engin, en espérant au plus profond de lui qu'elles finissent par réapparaître, mais en vain !

Au bout d'une dizaine de minutes, rien ni personne n'est encore ressorti de son champ de tournesols dont les pieds peuvent parfois atteindre plus de deux mètres de hauteur. Tant pis ! Il n'y tient pas vraiment mais ressent un énorme besoin de satisfaire sa curiosité. A ses risques et périls peut-être, mais de toute façon, il ne se passe jamais rien de bien intéressant ici, au fin fond de sa belle campagne toulousaine. A Rebigue… ! Alors, il ne fait ni une, ni deux, prend son courage à deux mains et descend de son tracteur, bille en tête. Il doit absolument aller voir ce qu'il se passe là-bas, non loin de lui, tout près du petit bosquet qui sépare ses terres de celles de ses voisins. Il doit comprendre finalement ce que sont ces deux lignes infimes qui se sont glissées, introduites si habilement au milieu des cultures pour finir par disparaître de son champ de vision, à présent.

— Que sont-elles ? Qui sont-elles, réellement ? se demande Christian.

*Deux individus en fuite, deux étrangers... hommes, femmes qui passaient par là, tout simplement ? Des animaux sauvages échappés du zoo à quelques kilomètres de là ? Ou bien encore, deux créatures monstrueuses, imaginaires ou pas, mais pourtant bien réelles ?*

Il traverse tout le champ de céréales à pieds, en diagonale, tout en prenant soin, bien sûr, de n'abîmer aucun pied. Il est maintenant tout excité, un peu angoissé tout de même, mais en effervescence totale.

— Que vais-je découvrir de l'autre côté ? se demande-t-il.

Ça y est, il arrive enfin à la lisière du bois. Les immenses fleurs du soleil sont maintenant loin, derrière lui. Et là, que voit-il, qu'aperçoit-il à quelques mètres seulement de lui, devant ses yeux ? Les deux silhouettes ! Les formes impalpables de leurs courbes, de face comme de profil. Elles sont à la fois magnifiques et quelque peu, repoussantes. Des corps sublimes comme des sirènes à deux pattes, mais sans queue. De longues jambes plantureuses et des bustes si bien galbés, comme de véritables déesses tombées du ciel. Mais leurs visages, leurs yeux, leurs bouches, leurs oreilles... sont tellement horrifiants que le jeune agriculteur ne peut s'empêcher d'avoir un petit recul d'effroi.

— Oh ! Mais qu'est-ce que c'est que tout ça ? Des monstres de foire, des extraterrestres, un bal masqué ou une blague de mauvais goût ? pense-t-il tout haut. Il faillit même par éclater de rire suite à toutes ces pensées

mais n'en eut pas le courage. Par courtoisie peut-être ?
Par peur, sûrement…

Les deux créatures ne sont pas seules. Il y en a
beaucoup d'autres comme elles, tout aussi inquiétantes.
Une vingtaine, une trentaine, peut-être plus encore.
Christian n'a plus peur désormais, comme par enchantement. Il s'avance maintenant pas à pas – *l'air rassuré* –
au milieu de cette foule de géants, qui le saluent tout en
souriant. Un sourire à en faire frémir les morts d'ailleurs,
mais peu importe ! Ils l'accueillent tant et si bien, cet
étranger parmi eux, ces autres étrangers en terre inconnue. Jamais il ne s'était senti aussi important, salué par
une foule d'inconnus. Et il leur rend si bien en
s'imaginant, tout bêtement, qu'il est leur invité, leur
hôte… Leur roi, tout puissant !
Tout à coup, ils se mettent tous à genoux et bais-
sent la tête, les uns après les autres. Une seule silhouette
semble venir vers Christian, comme pour l'accueillir per-
sonnellement. Elle lui baise les mains et les pieds. Ça le
fait même sourire un peu, lui donne envie d'éclater de
rire même, mais il se retient. C'est beaucoup plus respec-
tueux tout de même. Après tout, il n'est pas en majorité
ici. Pas comme dans son petit village d'une cinquantaine
d'âmes ! Il n'est ni le maire, ni le président parmi toutes
ces créatures mais juste un simple être humain parmi des
créatures qui n'existent sûrement que dans son esprit.
Celle-ci est beaucoup plus belle que les autres,
mais reste tout de même un peu insignifiante aux yeux de
Christian. Elle sait aussi parler son langage mais avec une
voix légèrement robotisée :

— Bon-jour Chris ! Je m'a-ppe-lle OR-TE-SSA. Je suis la gou-ver-nan-te de ce pa-ra-dis te-rres-tre. Soyez le bien-ve-nu !

— Bonjour Madame. Que faites-vous là, et comment connaissez-vous mon nom ? répondit Christian.

— Nous som-mes des pro-tec-teurs de la na-tu-re, des mes-sa-gers in-ter-ga-lac-ti-ques, si vous pré-fé-rez. Nous a-vons été en-voyés ici, près de vous, pour vous gra-ti-fier notre re-con-nais-san-ce, Mon-sieur BI-O-MAN.

— ... ?

Christian sourit légèrement mais il fait de gros yeux.

— Vous êtes un bien-fai-teur de l'hu-ma-ni-té, un agri-cul-teur bio très en-ga-gé dans le res-pect de l'en-vi-ron-ne-ment.

— Oui, c'est exact, je ne cultive que des produits sains. Et j'y tiens énormément à mes terres, bien plus qu'à moi-même encore, rétorqua Christian.

— Alors, soyez-en fier ! Au-jour-d'hui, nous som-mes ve-nus vous re-met-tre la mé-daille in-ter-ga-lac-ti-que du meilleur pro-duc-teur bio de tou-te la pla-nè-te. Grâ-ce à vous, l'a-ve-nir se-ra meilleur. Le vô-tre, tout co-mme le nô-tre ! Mais à une seu-le con-di-tion : vous ne de-vrez ja-mais a-ban-don-ner ces terres. Et nous veille-rons tou-jours sur vous, d'aus-si loin que nous se-rons.

— Si cela peut vous faire plaisir, alors j'accepte cette mission. Ses terres m'ont été transmises par mes parents, qui les avaient héritées eux-mêmes de mes grands-parents. Je suis la sixième génération à les cultiver avec autant de passion et de dévotion, toujours avec le même respect. Et je compte bien les transmettre à mon tour – *un jour, peut-être* – à mes enfants et mes petits-enfants.

— Au-re-voir Mon-sieur BI-O-MAN.

— Au revoir et merci...

Il repart ainsi, la larme à l'œil, avec sa grosse médaille et toutes ses belles paroles plein la tête. Le travail n'attend pas alors, il se précipite vers son tracteur et l'enfourche avec un tel entrain qu'il en oublie même toutes ses douleurs articulaires. Et le voilà reparti à travers champs, contre vents et marées, pour accomplir son devoir encore quelques heures.

Le réveil sonne, Christian émerge. Il sait qu'il va devoir tout recommencer, comme chaque jour qui passe. C'est sa routine personnelle mais qu'est-ce qu'il aime ça ! Un petit déjeuner bien copieux, un grand café noir et c'est parti. Mais pourtant, ce matin-là, il ne peut s'empêcher de penser à une chose. A cette chose, à vrai dire ! Alors, pour en être bien sûr, il se rend sur place à côté du champ de tournesols, à la lisière du bois. Mais là, il ne voit rien, plus rien ! Il n'entend rien non plus... Juste le silence parmi tous ces grands arbres centenaires. Pas de médaille, ni de Bioman et encore moins de nombreux individus en tout genre, mais tout simplement un homme – bien réel celui-là. Un travailleur honnête et protecteur de la nature qui respecte sa terre nourricière :
*Lui, Monsieur Christian.*

# Dernière chance

10 Avril 1995. Aix-en-Provence. À 38 ans, Olivier Lauteur semblait être un écrivain bien prometteur. Toute la presse locale parlait très souvent de lui et de ses nombreuses œuvres. Même à des centaines de kilomètres, l'information commençait à faire « son petit bonhomme de chemin ». Pourtant, aujourd'hui, il croule sous le poids des dettes. Depuis des mois maintenant, il cherche désespérément à refaire surface, à remonter la pente. Mais en vain ! Sa maison va être mise en vente, aux enchères, d'ici deux semaines. Il doit donc quitter les lieux très prochainement.

— Je ne devrais déjà plus être ici, d'ailleurs ! avoue-t-il à demi-mot.

Du matin au soir, il gribouille des dizaines, des centaines, des milliers de lignes sur des pages blanches, un peu jaunies. Il invente bon nombre d'histoires, toutes plus farfelues les unes que les autres, et passe tout son temps à écrire de nouvelles choses, à exprimer de nouveaux espoirs. Il en oublie même de se raser, et parfois aussi, de se restaurer. Il reste cloîtré là, pendant des heures, dans cette maison immense qui commence à sentir le renfermé, assis derrière ce grand bureau, dans cette pièce où le silence devient pesant. Il sort très peu, juste pour aller faire quelques courses à l'épicerie du coin, ou pour se rendre jusqu'au bureau de poste expédier ses fameuses nouvelles à son cher éditeur bien attitré – *qui n'en est peut-être pas un, finalement !* Il lui a même envoyé son tout dernier roman de huit cent pages, la semaine dernière.

Olivier dort très peu aussi. Ses nuits sont plutôt courtes et très agitées. Il fait souvent des cauchemars dans lesquels il se retrouve expulsé, avec vigueur, de sa propre maison. Cette maison dont il a héritée après le décès brutal de ses parents, suite à un accident d'avion, il y a seulement neuf mois de cela. Drame dont il a encore beaucoup de mal à parler, et dont il ne se remettra jamais totalement.

Il les aimait tellement ses parents, lui, leur seul enfant, le fils unique ! Ils étaient toute sa force... Sa douleur est omniprésente. Elle le submerge totalement, le domine mais l'aide aussi, par moments, à expulser tous ces mots, ces sentiments qu'il retranscrit à travers tous ses textes, ses fantasmes littéraires. Il ne lui reste plus qu'à tenir sa plume au-dessus de la feuille et la laisser divaguer des heures entières. Son imagination se veut alors grandissante de jour en jour.

Depuis la disparition de son père et de sa mère, il noie son chagrin non pas dans l'alcool ou la nicotine, mais plutôt dans son travail.

— Ce dur labeur qu'est l'écriture, en ce monde parfois si cruel ! pense-t-il si fort.

Comment inoculer un peu de soi par le biais d'une histoire profonde qui saura attirer l'attention particulière des lecteurs – *les accrocher* – sans pour autant replonger soi-même dans l'abîme, dans cette souffrance qui ne s'estompe pas vraiment avec le temps... ?

Au milieu de tous ces cartons, Olivier essaie de ne pas trop penser à toutes ces lettres de rappel qu'il reçoit depuis plusieurs semaines, toutes ces injonctions de payer – *très oppressantes* – envoyées par des huissiers peu scrupuleux. Il n'ose même plus aller récupérer son courrier dans la boîte aux lettres depuis cette mise en demeure. La perte de deux êtres si chers, et cette tristesse qui l'envahit et le terrasse jour après jour. L'héritage et ses inconvénients comme les frais de succession, l'angoisse de la page blanche et ce dégoût de lui-même, les factures qui s'accumulent et ces créanciers qui réclament leur dû comme de véritables charognards. Puis soudain, c'est la chute finale, la déchéance totale !

Il ne peut se résigner à devoir quitter cet endroit contre son gré, pour toujours.

— La maison de mon enfance, celle dans laquelle j'ai pu me construire, entouré d'une famille vraiment merveilleuse, se souvient-il.

Une famille idéale et irremplaçable qui a toujours été là pour lui. Des parents exemplaires qui ont su lui inculquer de vraies valeurs humaines. Ces mêmes valeurs qu'il aurait souhaité, lui aussi, pouvoir transmettre à ses propres enfants, s'il en avait un jour. Un certain savoir-vivre : politesse, respect, tolérance, loyauté, amour...

A présent, il sait qu'il ne peut plus rester là. Il doit partir de ce cocon qu'il a tant aimé, ce nid douillet qui l'a tant aidé à grandir, à devenir un homme. Même si cet homme, aujourd'hui, est très anéanti, brisé. Complètement dévasté par le tournant qu'a pris sa vie depuis tous ces mois.

— Totalement ruiné, aussi ! crie-t-il.

Si seulement ses nouvelles pouvaient encore intéresser cette fichue maison d'édition qui l'exploite depuis fort longtemps. Si seulement son dernier roman pouvait devenir un « best-seller » et se vendre comme des petits pains. Mais là aussi, il n'en est rien. Tout s'écroule autour de lui, tout le monde tourne le dos à cet auteur à bout de souffle. Même son éditeur lui demande de se ressaisir.

— Fais-moi parvenir rapidement quelque chose de neuf, quelque chose de croustillant à se mettre sous la dent, sinon, ta carrière pourrait bien être finie.

Une pression supplémentaire pour Olivier qui ne cesse pourtant de se battre au quotidien, avec un tel acharnement, pour sauver son honneur – puisqu'il ne peut sauver sa demeure !

15 avril 1995. Jour J. La voiture d'Olivier déborde de cartons et de valises. Il s'apprête à partir définitivement de cet endroit rempli de souvenirs qui font pourtant si mal. Pour la dernière fois, il aperçoit le facteur qui vient lui remettre son courrier en mains propres, avant de lui faire ses adieux.

— Encore des mauvaises nouvelles ? lui demande-t-il alors.

Un nouveau pli recommandé pour lui gâcher la journée ? Une énième mise en demeure pour libérer ce logement… ? Mais là, surprise ! Une seule lettre, d'un ton bleu pâle. Une écriture qui ne lui est pas vraiment inconnu, un léger parfum qui l'intrigue et surtout, cette date apposée par le tampon de la poste : le 15 octobre 1994. Cette lettre lui aurait donc été envoyée il y a six mois de cela !

— Comment cela est il possible ? demande t il au facteur.

Sans plus attendre, il ouvre rapidement l'enveloppe avec ses clés et en extirpe une carte… de condoléances. En effet, une jeune femme, Angélique – qu'il avait profondément aimée par le passé – avait appris la disparition tragique de ses parents et souhaitait lui faire savoir qu'elle partageait sa peine. Elle proposait de se joindre à lui (seulement s'il le souhaitait, bien sûr) pour l'aider à organiser les funérailles. Une longue lettre accompagnait cette carte. Il la lut dans la foulée.

Angélique lui avouait qu'elle ne l'avait jamais oublié, ne s'était jamais remise avec personne, et surtout, avait commis la plus grande erreur de sa vie en le quittant, onze ans auparavant, pour partir vivre à l'étranger. Et aujourd'hui, elle voulait le revoir à tout prix pour pouvoir lui présenter sa fille, Sarah. Cette enfant qu'elle avait conçue avec lui mais dont il ne savait rien encore. Elle lui confiait aussi avoir enfin réalisé son rêve, professionnellement parlant. En effet, depuis huit ans, la jeune femme était devenue éditrice en créant sa propre maison d'édition : « *La Talentueuse* ». Sa notoriété n'était plus à démontrer à présent. Ses coordonnées complètes figuraient évidemment sur la lettre : adresse et numéros de téléphone, personnels et professionnels.

Olivier relut plusieurs fois ces quelques phrases, comme pour s'en imprégner.

— Je n'en crois pas mes yeux, ni mes oreilles d'ailleurs ! dit-il à son ami, en lui faisant un petit signe d'adieu.

Enfermé dans son mutisme depuis des mois (depuis la mort de ses parents, exactement), il recevait enfin de bonnes nouvelles. Il découvrait qu'il était papa d'une grande fille de dix ans et que cette femme, dont il était toujours très amoureux, ne l'avait pas oublié elle non plus. Cela suffisait amplement à son bonheur puisque la vie avait décidé de lui sourire à nouveau. Il eut donc la perspicacité de lui téléphoner aussitôt.

Tout d'abord, il s'excusa des lenteurs de la Poste, et ensuite, de n'avoir pu lui répondre plus tôt (forcément...) en lui expliquant alors brièvement sa situation actuelle.

— Je suis ravie de ton appel, aussi tardif soit-il, lui avoua Angélique.

Par le plus grands des hasards, elle se trouvait, à cet instant précis, à quelques kilomètres seulement de chez Olivier. Elle lui demanda alors de ne pas bouger et se présenta devant sa porte quelques instants plus tard. Les retrouvailles furent vraiment très fusionnelles et passionnées entre eux. Ces deux-là n'auraient vraiment jamais dû se quitter d'ailleurs...

La jeune femme passa ensuite plusieurs coups de téléphone. Et en quelques minutes, elle avait pu tout arranger. Tous les problèmes d'argent, de justice et de succession d'Olivier étaient enfin réglés.

— Je te dois bien cela, lui dit-elle.

Désormais, Olivier avait un choix crucial à faire. Soit tout vendre et repartir à zéro, ailleurs, avec les deux femmes de sa vie. Soit leur proposer de venir habiter ici, avec lui, au milieu de tant de souvenirs.

Le soir-même, Angélique organisa un dîner avec Olivier pour lui présenter sa fille.

— Notre fille ! dit elle à Olivier.

Sarah était véritablement le portrait craché de son père. Tous les trois ensemble, ils ont donc pris la décision de garder la maison et Sarah pressa sa mère pour y emménager tout de suite. Après tout, ils avaient assez perdu de temps ces trois-là !

Olivier goûtait enfin au bonheur. Le même bonheur que ses parents avaient connu avec lui, dans cet endroit magique, durant de longues années, entre ses murs emplis d'histoires. Fort heureusement, cette missive avait fini par arriver à destination pour changer le cours des choses.

Heureusement, parfois, la roue tourne, sinon Olivier aurait fini par sombrer, définitivement ! A présent, ses nouvelles vont pouvoir être appréciées à leur juste valeur, son dernier roman sera lu par un vrai comité de lecture. Tous ses écrits vont enfin pouvoir être publiés par une éditrice hors du commun, professionnelle et reconnue. La meilleure, soi-disant ! Celle qui l'a sauvé, in extrémis, de sa perte. Celle qui lui a tant manqué ces derniers mois et qu'il avait toujours rêvé d'épouser, un jour. Celle à qui Olivier s'apprête à faire sa demande, dans les heures qui suivent.

Cette femme exceptionnelle qui lui a offert sa dernière chance : Angélique Lebouquin.

# Le client mystère

— Je te l'avais bien dit, ma vieille ! me pensai-je si fort.

Cela devait bien finir par arriver depuis le temps qu'on l'avait prévenue celle-là et qu'elle s'appliquait à devenir la pire employée de l'année.

Comme tous les lundis matins, me faufilant par l'entrée des artistes, j'arrivai la première. J'ouvris les portes vitrées de l'accueil puis montai à l'étage vérifier que rien n'avait bougé. Pas un chat, pas une âme qui vive ! Juste quelques crayons froids prêts à être réchauffés après ce long week-end férié. J'en profitai ensuite pour préparer une bonne cafetière pleine de déca, qui ne tarderait pas à être totalement engloutie en quelques heures par tous ces accros à la caféine dont je faisais évidemment partie.

L'heure tournait, le moment d'ouvrir les portes au public approchait. Quelques pressés étaient déjà là, amassés devant la grille, se bousculant parfois. La semaine serait très mouvementée. Dernière ligne droite pour rapporter sa déclaration ; derniers jours où chacun se précipiterait pour ramener sa copie à l'heure. Sauf bien sûr, ceux qui le feraient via internet !

Tous mes collègues étaient enfin arrivés : Norbert ; Chantal ; Louis ; Bélinda... Et ils s'étaient précipités, comme toujours, sur leur tasse de café bien chaud. Tous, sauf elle bien sûr, tout comme à son habitude ! D'ailleurs, il n'y a pas eu un seul jour où elle soit arrivée à l'heure celle-ci. Encore moins avant l'heure... Norbert alla ouvrir la grille et les usagers se ruèrent aussitôt dans le hall d'entrée pour prendre un ticket et patienter. Mais voilà, un bureau vide lorsqu'il y a tant de personnes en attente, cela fait un peu désordre. Et ce n'était pas faute de lui avoir déjà fait la remarque plusieurs fois :

— Oui, oui, oui... ! Vous n'êtes pas mes patrons, que je sache ! nous répondait-elle à chaque fois.

Quoi qu'il en soit, ce jour-là, elle eut une belle surprise !

Neuf heures et quart, la voilà enfin ! Maquillée à outrance ; rides tout aussi profondes que des crevasses ; orgueilleuse comme un pou et bien plus mauvaise qu'une teigne ; sourire narquois. Ni bonjour, ni excuse. Rien... ! Pour la énième fois, elle prit place tranquillement sur ce gros siège en cuir rouge, commandé spécialement pour elle.

— Pour tes maudites fesses bien vieillissantes, à vrai dire !

Les clients commençaient à trépigner d'impatience dans le hall mais aussi devant nos bureaux. Surtout le sien, d'ailleurs... ! Ils se demandaient sûrement pourquoi ce bonbon rose bien apprêté, mais si décrépi, ne daignait pas encore les appeler pour les recevoir comme moi je le faisais depuis trente minutes, maintenant.

Enfin, premier client pour elle ; dixième pour moi ! Toujours sang-froid et courtoisie pour moi, mais nonchalance et agressivité pour elle !

— La matinée ne faisait que commencer mais elle allait bientôt se terminer pour toi, terrible Marie-Pierre !

Le hall s'était bien vidé à présent, l'ambiance y était beaucoup plus paisible, quand tout à coup, se présenta devant elle un homme pas comme les autres. D'une élégance rare, à l'élocution infaillible, il se mit à lui poser des questions sur cette fameuse déclaration. Ayant divorcé et obtenu la garde de ses deux enfants l'an passé, il ne savait donc comment remplir le dit formulaire. Marie-Pierre, toujours aussi sûre d'elle quel que soit son interlocuteur, ordonna rapidement à ce dernier quelques instructions. Lui balançant quasiment à la figure les documents complémentaires à remplir, elle lui fit surtout comprendre que d'autres personnes attendaient derrière lui et qu'elle n'avait pas que cela à faire.

— Tout ton bla-bla habituel, quoi !

Cet homme m'intrigua tout autant qu'il m'attira. Je jetais un œil sur lui de temps à autre, examinais son comportement, mais aussi et surtout, celui de ma chère et tendre collègue. Et je ne sais pourquoi, je pressentais que quelque chose était en train d'arriver. Mais quoi au juste… ?

Continuant mon travail sans me laisser distraire, je voyais bien que derrière ce costume très classe se cachait un véritable gentleman, sachant garder son calme face à une hystérique telle que M.P., profondément irresponsable et odieuse envers tous ceux qui croisaient sa route. Surtout un lundi matin !

— Mais bon sang alors, comment fais-tu pour te supporter toi-même, sacrée bonne femme ?

Et même si j'enviais cette aisance dont il faisait preuve, cette façon de ne pas exploser face à l'incompétence d'une blonde décolorée – qui plus est, vieille fille et totalement aigrie – je me disais que derrière cet aplomb, il y avait peut-être autre chose, me demandant finalement ce que cette tête bien-pensante pouvait bien cacher.

J'étais en train de dire au revoir à mon dernier client quand je me rendis compte alors qu'il était encore là, le bel inconnu, assis face à cette sacrée langue de vipère. « M.Pi », comme on aimait la surnommer lorsqu'elle n'était pas là, avec nous – pour ainsi dire très souvent entre ses RTT, ses congés ordinaires, ses absences pour maladie imaginaire, ses obligations syndicales, ses engagements politiques... ou je ne sais quoi d'autre !

Plus de vingt minutes maintenant qu'elle essayait de lui expliquer, en hurlant, comment remplir tous ces papiers. Et je pensai soudain qu'il faisait peut-être exprès de ne pas comprendre pour qu'elle s'énerve encore plus. Il semblait jubiler tout au fond de lui... et à la fois, se retenir. Mais de quoi exactement ?

— Pourquoi faites-vous cela au juste, Monsieur le mystérieux ?

J'allais justement finir par le découvrir...

Je m'apprêtais à fermer mon guichet pour un court instant – le temps d'une pause pipi à vrai dire ! – quand il se retourna vers moi :

— Attendez un peu Valérie, j'ai justement besoin d'un témoin.

Mais enfin, comment ce parfait inconnu connaissait-il mon prénom ? Et là, quelle grande surprise... !

— Je me présente, Monsieur Francis DESBARQUES, votre nouveau Directeur Général. Et à ce titre, je me suis permis de venir tester en personne, et en tout anonymat bien sûr, l'accueil du service public que je représente aux yeux de millions de personnes.

M.Pi en resta bouche bée. Pour une fois, elle ferma sa grande gueule. Quant à moi, je me levai et lui tendis la main :

— Madame Valérie ETCHOURI, agente d'accueil. Enchantée de faire votre connaissance, Monsieur DESBARQUES !

Il me serra la main délicatement et nous échangeâmes un long regard... que j'aurais d'ailleurs bien laissé perdurer quelques instants encore. Puis, se tournant à nouveau vers l'infâme employée, vraiment désobligeante, il lui ordonna de le suivre à l'étage dans cet immense bureau dont il devait prendre possession aujourd'hui même. Ce qu'elle fit aussitôt, sans broncher, pour une fois ! Je les laissai alors monter les escaliers et nos regards se croisèrent à nouveau avec ce bel inconnu... qui ne l'était plus vraiment, à présent. J'en profitai ensuite pour m'échapper de mon poste cinq minutes, demandant à Chantal de me remplacer.

Cet homme providentiel avait débarqué ici, un matin, pour nous évaluer en milieu professionnel. Et quoi de plus approprié que de se fondre dans la masse en jouant au client mystère pour mieux piéger les imposteurs.

— Quand on travaille ici, autant ne pas l'être : imposteur !

Personne ne nous avait prévenus de son arrivée mais je ne m'étais pas sentie trahie pour autant. N'ayant fait que mon boulot ce jour-là, comme tous les lundis... et tous les autres jours de la semaine d'ailleurs... je n'avais donc absolument rien à me reprocher, moi.

— Contrairement à toi... !

Une heure plus tard, toujours pas de Marie-Pierre en vue. Peut-être avait-elle réussi à l'anéantir celui-là aussi, à jouer de ses charmes une fois de plus pour ne pas être blâmée ? Quoi qu'il en soit, la matinée se termina donc sans elle.

— Quel silence tout à coup !

Midi venait de sonner. Je me levai pour aller fermer les portes et verrouiller la grille derrière le dernier usager de la demi-journée. Un peu d'ordre dans mes dossiers, et hop, je partais déjeuner dans la salle de détente quand, enfin – ou plutôt, hélas – je la croisai sûrement pour la dernière fois dans ce couloir si étroit, me menant tous les jours à la même heure à ma pause méridienne bien méritée. Elle me fusilla du regard – comme à sa grande habitude – en me lançant tout bonnement :

— Quel grand con celui-là ! Il me fout en préretraite… Soi-disant que certains clients se sont plaints de moi à plusieurs reprises et ont envoyé des courriers là-haut. Il paraît que je ne suis pas très accueillante. Tu parles… encore une de leurs magouilles ! Ils n'ont qu'à venir travailler à notre place et supporter tous ces cons du matin au soir. J'ai pas raison ? me demanda-t-elle.

Hypocritement, je lui répondis « oui » d'un signe de la tête et me précipitai dans notre pièce privée – où elle n'allait jamais, d'ailleurs – pour exulter mon profond soulagement.

— Si seulement tu savais tout, ma pauvre ! Il n'y a pas que les clients qui n'en peuvent plus de toi...

*« Un seul être vous manque et tout est dépeuplé. »* Mais un seul collègue vous pèse et c'est toute une équipe qui se retrouve en déséquilibre. Or, il fallait bien qu'un jour ou l'autre, on retrouve cet équilibre qui nous manquait tant, depuis tout ce temps, pour pouvoir travailler à nouveau dans une atmosphère plus sereine.

Les jours qui ont suivi son départ, nous n'avons pas sabré le champagne. Non, non ! Mais notre établissement est devenu un véritable exemple pour tous les autres.

*« Chasser le loup de la bergerie et les agneaux n'en deviendront que plus aimables. »*

Un bon accueil est toujours l'atout indispensable dans tous les services publics. C'est donc pour cela que je ne regrette pas un seul instant d'avoir osé écrire cette lettre au ministère. Et comme par hasard, depuis ce jour-là, je ne ressens plus cette brûlure atroce au creux de l'estomac, chaque matin.

— Celle-là même qui me consumait petit à petit, jour après jour et que j'avais fini par surnommer « M.Pi »...

## Femmes de mer

Gaétan venait de repartir en mer au moins pour la millième fois. Il venait de la quitter, encore une fois de plus pour quelques heures, ou quelques jours peut-être, et toujours avec cette même appréhension de ne jamais pouvoir revenir, cette boule au ventre, malgré le grand appel du large. Nolwenn l'aimait tellement ce petit homme au grand cœur, ce marin pêcheur aux mains si vaillantes, mais tellement fatiguées, à présent !

*Comme on dit à la Chaume : « Les hommes ne vivent pas seuls ; la solitude leur est insupportable ; les marins n'acceptent de partir qu'à la condition d'être attendus... »*

Mais qu'en est-il de toutes ces femmes de marins comme elle ? Ne sont-elles pas aussi confrontées à cette solitude, et cela, depuis des siècles ? Cette terrible et profonde solitude qui finit par les ronger de l'intérieur elles aussi, peu à peu.

Depuis plus de vingt cinq longues années, à chacun de ses départs, parfois si précipités en dépit de la pluie et du vent, Nolwenn ne vit plus. Lorsque son beau Gaétan disparaît totalement à l'horizon avec son imposant bateau de pêche – son vieux rafiot de cinquante ans d'âge, à dire vrai – les mêmes angoisses, les mêmes craintes reprennent alors le dessus chez elle.

— Et s'il ne revenait pas ? Et si la mer me l'emportait à tout jamais ? se répète sans cesse Nolwenn dans sa tête.

Et si elle avait fait tout simplement un autre choix que celui-ci, celui d'être la femme d'un marin, aurait-elle eu une vie meilleure ou bien pire que celle-là ? Aurait-elle voulu avoir des enfants avec un autre homme, dans d'autres circonstances ?

Parfois, elle y pense très fort, surtout lorsqu'elle se retrouve parmi toutes ses amies du port des Sables d'Olonne. Mais elle voit aussi à quel point tous ces pères manquent à leurs fils ou à leurs filles. Et elle sait bien, Nolwenn, que c'est quelquefois bien difficile de grandir sans une figure paternelle à ses côtés. On se sent souvent parfois si bancale...

Pendant les absences de son homme, Nolwenn trouve toujours quelque chose à faire pour s'occuper l'esprit, et les mains surtout. Voilà quinze ans déjà qu'elle s'occupe de cette association deux jours par semaine. Elle y enseigne l'art de la peinture et de la sculpture à des jeunes en difficultés scolaires. Des adolescents en rupture sociale ou familiale, qui souffrent surtout d'une grande solitude et ont besoin que quelqu'un ou quelque chose vienne combler leurs manques. Et l'association *« Les Petits Coquillages »* est là pour ça ! Le reste du temps, elle s'occupe de cette jolie petite maison qu'ils se sont achetée voilà plus de dix ans, dans ce vieux quartier de la ville. À l'époque, c'était juste une petite cabane de pêcheurs peinte à la chaux, aux fenêtres étroites, sans aucune envergure. À présent, après tout le temps qu'elle lui a consacrée au cours de toutes ces longues années de vie solitaire, la bicoque est devenue une belle demeure paradisiaque. Un petit mélange de maison chaumoise (typique de la région) et d'architecture contemporaine. Nolwenn fait aussi des marchés trois fois par semaine dans les environs pour vendre ses trophées puisqu'elle excelle dans ce domaine artistique qu'est la peinture. Elle a fait l'école des Beaux-arts à Paris dans les années 80 mais lorsqu'elle a rencontré Gaétan à la fin de ses études, elle est tombée éperdument amoureuse, aussi bien de l'homme que de son pays natal. Cette belle région qu'elle n'a jamais cessé de peindre, avec tous ses points de vue magnifiques, ces paysages sauvages et naturels. La Vendée ! Depuis, elle n'en est jamais repartie. Un peu tout son contraire à lui, finalement, puisqu'il ne cesse de quitter cette presqu'île, ces sables mouvants... pour pouvoir mieux y revenir, sûrement, jour après jour.

La vie de Nolwenn est fortement bien remplie, bien cadrée mais pourtant, tout comme pour Gaétan, la solitude lui pèse. Toujours loin l'un de l'autre, toujours en quête de nouveaux horizons, peut-être... Loin des yeux, et pourtant, si près du cœur. Toujours aussi amoureux l'un de l'autre, tout de même. Malgré le travail acharné de Gaétan, la pêche, qui reste un milieu si difficile pour ces hommes au gré du bon ou du mauvais temps ; les journées si longues au milieu de nulle part ; les nuits jamais paisibles, si loin de tous ceux ou toutes celles qu'ils aiment tant. Malgré tout cela, il ne cesse jamais un instant de penser à elle. Malgré toutes ces peurs qui peuvent le rattraper parfois. Malgré l'angoisse de ne jamais revoir son doux visage, de ne plus entendre sa voix si aiguë mais tellement chaude les nuits d'hiver, de ne jamais pouvoir retrouver ce corps si rassurant au fond d'un vrai lit, sur terre. Alors il se raccroche à elle, Nolwenn, à l'espoir de toujours la resserrer, encore plus que la dernière fois, et depuis plus de vingt ans, déjà ! La solitude les ronge parfois, l'un comme l'autre. Celui qui part ; celle qui reste. Celui qui espère revenir très vite ; celle qui désespère de ne jamais l'avoir pour elle toute seule. Elle qui a tant souffert à cause de sa mère, si peu nourricière. Lui qui part toujours vers l'autre, cette mer parfois plaisir, parfois supplice. Elle qui voudrait tant partir à l'aventure, un de ces jours, avec son Gaétan... sur cette mer parfois si calme et si paisible. Partir tous les deux vers l'horizon, s'éloigner enfin de cette terre pour flotter à contre sens sur cette immense étendue d'eau, à la fois si familière et tellement inconnue. Loin de ceux qui les aiment, les aident, les retiennent finalement. Loin de ces pères !

Mais voilà, la sirène du bateau de Gaétan vient de retentir au petit matin. Trois jours qu'il est parti. Enfin elle va pouvoir profiter de lui durant quelques heures, quelques jours peut-être ? Enfin sa solitude va pouvoir s'effacer quelques instants, jusqu'à la prochaine étape, la prochaine embardée. Avec ou sans lui, trouvera-t-elle peut-être un jour la force de partir en mer elle aussi, ou attendra-t-elle qu'il raccroche pour de bon ? Pour l'heure, Nolwenn enfile sa tenue préférée : sa combinaison rouge et son ciré jaune pour aller aider son mari à vendre ses jolies trouvailles, ses poissons bien frais à la criée, au petit matin, sur le port de pêche des Sables d'Olonne. Elle adore ça, ce contact avec les soles, les bars, les thons et les sardines venus du golfe de Gascogne, des Açores ou des côtes espagnoles. Et tous ces habitués qui reviennent plusieurs fois par semaine pour avoir les meilleurs morceaux...

— Quel plaisir de donner autant de plaisir aux autres, finalement ! Quel plaisir de partager un peu de son homme au quotidien avec le fruit de son dur labeur, avec l'envie constante de rester et de repartir à la fois, avec lui ! songe-t-elle.

Et les retrouvailles à la maison, à la bougie parfois, au gré des tempêtes, qui lui permettent au moins de profiter de lui un peu plus longtemps.

Nolwenn se dit parfois que pour leurs ancêtres, cela n'a pas dû être toujours très facile. Ces femmes de marins n'ont pas toujours eu le confort du vingt-et-unième siècle – *hélas* – mais au moins, elles ont gardé une chose en commun : l'entraide. Telle une corporation, elles ont toujours supporté ensemble les coups durs, tout comme d'autres comme elles d'ailleurs : les femmes de militaires, d'astronautes, de routiers... Elle qui n'était à la base qu'une enfant unique issue de la classe bourgeoise, loin de ce monde hostile et mystérieux, elle a bien fini par trouver sa place au fil des années. Et si elle avait eu le choix – ou la chance, peut-être – d'avoir un enfant, sans doute aurait-elle tout fait pour l'empêcher de suivre les traces de son père.

— Mais cette vie aurait été bien plus difficile encore avec une descendance, pense-t-elle.

## L'ombre et la lumière

Je reste des heures entières devant ma feuille blanche. Stérile ! Sans pouvoir écrire le moindre mot, la moindre phrase, le moindre vers. Vide ! Je ne trouve pas toujours ce qu'il faudrait dire, ce qui pourrait leur plaire. A court d'idées ! Je reste sans voix, sans âme, sans larme. Pourtant, il faudra bien que ça vienne, que ça revienne, que ça sorte. Que ça rime sur le papier, que ça résonne dans ma tête, que ça chantonne sous le soleil, le froid, la pluie... Peu importe, pourvu qu'ils aiment et en redemandent encore et encore.

Ils ne peuvent se passer de moi finalement. Je ne peux vivre sans eux inévitablement. Ils ont terriblement besoin de se raccrocher à moi, mes pensées, mes écrits, mes paroles... Je ne saurais être autrement. Vivre une autre vie, je ne le pourrais ! En fait, rien d'autre ne saurait me satisfaire davantage. Les entendre ici et là reprendre en chœur chacune de mes paroles, chacun de mes refrains qui restent en nous pour l'éternité.

Quoi de plus réjouissant au final que cet air qui trotte dans ma tête à chaque fois que je me positionne sur un nouveau projet, une nouvelle prose ? Rien... si ce n'est l'idée soudaine qui me chatouille l'esprit pour en écrire aussitôt une autre sans en oublier l'ancienne. Et les unes après les autres, ce recueil, cet album magique auquel je participe, moi, l'actrice de mes jours – et de mes nuits souvent ! Moi, l'intermittente du spectacle un jour, l'artiste entière toujours à moitié nue parfois derrière cette libre pensée dans laquelle je me fonds, je me glisse délicatement avec tract et volupté. Sur des airs de mambo, de rythmes glacés ou endiablés, je touche au cœur du public que je vise, à coup de plume et d'encre indélébile. Celui-là même qui me le rend si bien, ne me trahit pas et me reste fidèle à tout jamais. Pourtant, moi, je lui mens si souvent ! Je me cache en vérité derrière tous ces mots et ces rimes, ces sons à l'unisson, ces gestes et ces coups de crayon irréfléchis que seule une personne comme moi peut apprendre à maîtriser. Mais finalement, ce n'est pas moi qui récolte les lauriers de tout ce succès immense et enivrant. C'est bien elle – *la star* – qui se pavane sur scène comme dans les airs ; se balade de ville en ville et de train en train ; ne cesse d'attirer les foules et d'attiser les feux de la gloire. C'est bien elle que tout le monde adore puisque, de toute façon, c'est de sa bouche que sortent toutes ces belles paroles. Pas de la mienne ! C'est bien de ses tripes que jaillissent ces sons magnifiques, ces vibrations tellement émouvantes...

Après tout, j'ai vraiment beaucoup de chance de l'avoir cette belle interprète puisque tout ce qu'elle raconte dans ses chansons, tout ce qu'elle chante du fond de son cœur – à s'en faire péter les cordes vocales  parfois – eh bien, c'est un peu mon histoire personnelle !

Bien évidemment, quinze ans après, je suis encore la seule à savoir que derrière tous ses textes, il y a une femme à la voix douce et fragile. Une femme qui parle d'elle, de ceux qu'elle a aimés, de ceux qu'elle a perdus. Une femme sans voix mais à l'imagination plus que débordante quelquefois. À ne pas en dormir la nuit ! Et puis de toute façon, peu importe que je ne sois jamais sur le devant de la scène puisque les coulisses ne sont pas mal non plus. À vrai dire, c'est un endroit beaucoup plus sûr ces derniers temps !

Je n'envie pas totalement son succès, ni ses interprétations toujours plus excentriques, plus risquées les unes que les autres. Elle a connu, dès ses débuts, cette immense popularité qui propulse les nouveaux au sommet en un temps record. Mais sans oublier tous les inconvénients de cette profession : les groupies insatisfaites et les fanatiques hystériques, si souvent imprévisibles et incontrôlables.

Au fil des années, le temps s'est dégradé autour d'elle, le ciel est devenu si rouge et colérique. L'ambiance des concerts est devenue différente à cause du risque trop élevé d'attentat qui plane autour d'elle, de nous, à chacune de ses tournées. Je lui laisse décidément ce plein succès et les étoiles qui brillent dans ses yeux. Du haut de mon petit fauteuil sans lumière, je contribue malgré tout un peu plus chaque jour à son grand épanouissement mais sans prendre le risque de me retrouver sous les projecteurs, ni dans la ligne de mire de tous ces anarchistes, ces idéologistes assoiffés de vengeance et sans remords.

Je suis sa main, qui tremble parfois, son esclave... bien payé. À nous deux, nous sommes l'ombre et la lumière, et pendant qu'elle brille, étincelle sous les projecteurs, je me délecte de tout ce succès – bien amoureusement !

# Difficile de choisir

Cela fait déjà huit heures, seize minutes et trente-deux secondes exactement que j'ai réintégré mon poste. Ma dernière pause vient de se terminer. À peine avons-nous eu le temps d'avaler un petit noir bien serré, sans sucre, que le standard téléphonique se remet à sonner. Cette fois-ci, ce n'est pas une blague, ni une fausse alerte. Pas comme la dernière fois, au moins ! Un inconnu nous appelle pour nous signaler qu'une jeune femme est en train de se faire agresser dans le métro par deux individus cagoulés, semblant quelque peu éméchés. Ce qui arrive malheureusement bien trop souvent à mon goût, ces temps-ci...

Jean-Pascal et moi partons tous les deux immédiatement avec la voiture banalisée, suivis de deux autres véhicules de patrouille. Une fois arrivés sur les lieux de l'incident, nos collègues en uniforme sécurisent l'accès au quai du métro pour empêcher d'éventuels curieux d'y accéder, mais surtout aussi pour nous laisser faire notre boulot correctement. Quant à moi, je me dirige en premier vers la victime, mais là, surprise ! J'aperçois une ombre à quelques mètres de nous, bien plus que suspecte.

— C'est sûrement un des deux agresseurs, dis-je discrètement à mon collègue.

Je me mets donc à courir après cette ombre qui s'enfuit soudain, à courir de plus en plus vite pour rattraper cet homme insensé, ce gars complètement déjanté pour avoir commis une telle infraction.

Après plusieurs centaines de mètres, essoufflée d'avoir monté et descendu au triple galop les escaliers *– encore déserts à cette heure-ci –* je peux enfin mettre la main sur lui. Ou plutôt, je me jette de tout mon corps sur lui, et, avant de lui passer les menottes, à nouveau, c'est l'étonnement pour moi ! Il s'agit bel et bien d'une jeune personne, visiblement très alerte, mais c'est surtout une très jeune fille... d'à peine vingt ans, à vue d'œil.

— Quel gâchis parfois la vie ! Quel travail de titan, pour un salaire de misère... !

Je refais donc le même parcours mais cette fois-ci, en sens inverse, repensant tout à coup à notre pauvre victime. Heureusement, Jean-Pascal s'est bien occupé d'elle pendant ce temps. Il lui a tenu la main en attendant l'arrivée des secours, beaucoup plus rapide que d'habitude. D'ailleurs, lorsque j'arrive auprès d'eux, les hommes en blanc l'ont déjà installée sur une civière et sont en train de la transporter dans l'ambulance, garée au-dessus de nos têtes, direction l'hôpital le plus proche. Quant à moi, j'amène la suspecte dans la voiture pour pouvoir la conduire, elle, au poste de police, où je vais me faire un réel plaisir de l'interroger.

J. P. vient de me rejoindre. La nuit s'annonce encore bien longue pour nous tous. Soudain, je pense très fort à mon mari, mon nounours... et à nos deux petits bouchons. Des jumelles d'à peine trois ans que j'ai embrassées et quittées depuis seulement quelques heures. Et là, en cet instant, ils me manquent terriblement tous les trois. L'idée de tout plaquer pour pouvoir les rejoindre me traverse l'esprit, mais je me ressaisis aussitôt. Ce n'est pas la première fois. Ce ne sera pas non plus la dernière !

La salle d'interrogatoire est sombre et froide. Il y a si longtemps que je n'y ai pas mis les pieds, d'ailleurs ! Je prends place face à la présumée coupable. Son visage me semble si dur, ses yeux sont dilatés, son esprit est quelque peu lointain. Je la trouve tellement jeune surtout. Beaucoup trop jeune ! Une vraie gamine... Je me dis alors :

— Et si c'était la mienne ? Et si mes deux filles devenaient elles aussi comme cela, plus tard, que ferais-je de plus, que dirais-je de moins ?

Stop !!! Je m'interdis une fois de plus de repenser à tout cela. La dernière fois que j'ai eu ce genre d'idées noires dans la tête, je me suis retrouvée aux urgences de l'hôpital...

La gamine en question a déjà vingt-trois ans. Elle en paraît pourtant beaucoup moins mais sa carte d'identité, elle, est bien réelle. Ce n'est pas du tout une paumée comme toutes celles que l'on embarque le soir en patrouille après minuit. Bien au contraire ! Elle a des parents, celle-là, bien pensés et surtout, bien placés. Mais cela ne lui a pas empêché de déraper. Elle, ainsi que sa copine d'ailleurs, puisqu'elle n'a pas mis trois heures à nous balancer le nom de sa complice. Moi qui pensais tout bonnement que nos deux agresseurs étaient forcément des hommes avec des capuches. Moi qui pensais tout connement que seuls des mâles pouvaient vouloir faire le mal autour d'eux.

Une nouvelle fois, bien évidemment, je pense très fort à mes deux puces de quelques années à peine, légères comme des plumes, douces comme des agneaux. Que pourrais-je espérer de mieux pour elles qu'une vie bien propre, bien rangée ? Pas comme celle que je côtoie tous les jours dans mon travail, depuis tant d'années maintenant...

Jean-Pascal part chercher l'autre fille en question : la fameuse complice. Cette dernière s'est réfugiée chez elle comme si de rien n'était, dans un appartement bien trop grand pour elle toute seule. Ni vu, ni connu ! Ensuite, il la ramène ici, au commissariat, pour pouvoir la questionner, l'interroger à son tour. Ni l'une, ni l'autre ne dément leurs gestes. Ni Sophia, ni Marina ne semble regretter un seul instant toute cette violence gratuite qu'elles ont infligée à leur cible. Cette dernière, une jeune fille simple et banale, qui a eu l'audace et le courage de ne jamais céder aux caprices de ces deux copines machiavéliques... mais qui semble avoir beaucoup plus de succès auprès des garçons que Sophia et Marina réunies, d'après leur version de l'histoire, bien sûr. Une histoire bien trop conne, à dormir debout, d'ailleurs. Des motivations complètement absurdes, à en vomir. Le véritable quotidien des « grands ados » d'aujourd'hui ! Un simple regard, une parole mal comprise, un geste déplacé et tout bascule dans le drame, l'irréel, le virtuel...

Et pourtant, tout ceci, c'est mon lot quotidien ! La réalité de mon boulot, la dureté de mon métier de policier. Lieutenant ! Toujours au service des uns, souvent au grand mépris des autres. Quelquefois en dépit du bon sens et souvent bien loin de tous ceux qui m'importent le plus dans ma vie.

— Comment puis-je protéger les miens si je ne suis pas capable de protéger les autres ? Comment puis-je être une bonne mère si je ne suis pas digne d'être un bon flic ?

Quelques heures de repos me feront peut-être oublier tout ceci, mais je n'en suis pas si sûre. Nous restons tels que nous sommes, malgré le bien ou le mal qui tourne autour de nous.

Je m'efforce, depuis des années, de concilier ma vie privée avec ma vie professionnelle. Je m'angoisse chaque jour – *et chaque nuit* – de ne pas y arriver. Mais il sait me rappeler à l'ordre, lui, mon compagnon. Celui qui me soutient depuis le début et ne flanche jamais, malgré mes longues heures d'absence... et de dévouement.

Je suis la police de mon quartier. J'adore la peau lisse de mes princesses. Mais j'ai fait de mon mari, un véritable père au foyer.

Au final, sans eux, je ne vis pas. Mais sans lui – *mon travail* – je ne suis pas non plus ! Et comme des milliers d'autres femmes à travers le monde, je ne peux pas choisir entre mon activité professionnelle et ma famille.

Ou bien, peut-être, que je ne le veux pas ?

## Juste une simple frayeur

— Pourtant, je suis persuadée d'avoir fermé la grille...

Comme tous les soirs après vingt heures, je m'adonnais à mon petit tour habituel pour bien vérifier que rien n'avait été laissé au hasard. Je faisais toujours en sorte de me réserver cette tâche quotidienne pour être sûre et certaine de ne pas en oublier un seul, quelque part, pour la nuit, au beau milieu de nulle part, justement. Je désirais plus que tout autre chose faire cette ronde, cette dernière inspection moi-même afin de m'assurer que chacun de mes pensionnaires avait bien regagné son gîte respectif. Afin aussi de pouvoir m'imprégner davantage encore de ces lieux redevenus si calmes et paisibles après toute une journée de cohue et de visites parfois si impromptues.

Pour ne rien changer à mes habitudes régulières, je commençais par les appartements des plus petits, dont ceux parfois même en voie de disparition. Un peu comme mon adorable mari, souvent, ces derniers temps ! Lui qui détestait tant cette passion que j'avais de m'occuper toujours des autres, bien avant lui, bien avant moi-même. Et toutes ces odeurs qu'il ne supportait plus avec le temps...

Je vérifiais alors que tout était bien à sa place, que rien n'avait été déplacé au cours de ces dernières vingt-quatre heures parce que mes nombreux colocataires avaient vraiment horreur du changement. Chacun avait englouti son repas à vive allure, sans se soucier du reste, et avait regagné son petit lit douillet, sa niche ou son perchoir. Et à présent, tout ce petit monde semblait déjà bien parti pour une longue nuit de repos dans les bras de Morphée. Quant à moi, ma journée était loin d'être terminée et mon futur repas se trouvait encore dans le bac à légumes du réfrigérateur, prêt à être concocté par des mains usées par le temps et mes rituels incessants.

Je fis donc demi-tour pour me diriger ensuite vers les foyers des plus grands spécimens dont ceux que j'avais dû aller chercher très loin parfois. Quelquefois même à des milliers de kilomètres d'ici... De nombreux effluves me remontaient jusqu'aux narines, comme tous ces fameux soirs après une journée aussi chaude. De longs gémissements arrivaient jusqu'à mes oreilles, sans pour autant commencer à m'inquiéter.

Je jetai un coup d'œil assez rapide à droite et à gauche. Les résidents de l'aile nord me parurent soudain plus agités que ceux de l'aile sud que je venais de quitter quelques minutes plus tôt. Mais tous semblaient pourtant sur le point aussi d'entamer une belle nuit tranquille et surtout, bien méritée. Après tous ces efforts parfois tellement physiques pour eux, devant tant de spectateurs pas toujours très conciliants, il fallait forcément cela pour qu'ils puissent récupérer un peu entre deux journées de spectacle.

Ayant enfin achevé mon petit tour parmi ces deux milles mètres carrés de locaux, je me dirigeais vers la sortie quand tout à coup, je sentis comme une présence derrière moi. Un souffle chaud et puissant me parcourut le dos. Je ne sais alors si c'était mon émotion ou sa respiration, puis un gémissement se fit entendre, intense et si proche, et me fit sursauter. Sans réfléchir, je décidai de me retourner. Et là, à vrai dire, je m'attendais à tous sauf à ça... À mon mari peut-être ? À mon assistant sûrement ? Mais certainement pas à lui !

Il se tenait là, juste dans l'allée, fier et arrogant, campé sur ses pattes. Ni plus ni moins agressif que d'habitude, mais bien plus impressionnant encore qu'en photos ou derrière sa cloison vitrée. En quelques secondes, j'ai vu défiler devant moi ma vie tout entière. Pour la première fois, je ressentais cette peur profonde et paralysante que je m'étais totalement interdite durant toutes ces années auprès d'eux – *mes gros bébés* – devenus mes amis aujourd'hui. Et en le regardant droit dans les yeux, je compris alors qu'il ne me ferait aucun mal. Du moins, pas ce soir... Bien au contraire, il s'approcha de moi, sa gueule légèrement entrouverte laissant échapper un petit feulement, et commença à me sentir de la tête aux pieds pour finir par me lécher la main avec sa langue longue et râpeuse.

Tel un enfant qui viendrait rejoindre sa troupe à pas de loup, mon adorable tigre du Bengale – *que j'avais récupéré jeune et si maigre dans un cirque en faillite à l'autre bout du pays* – semblait encore chercher dans mes mains ce biberon rempli de lait chaud que je lui avais si souvent donné pendant des mois.

Mais à présent, il avait bien grandi celui-là et était devenu vraiment très impressionnant avec ses deux cents kilos de muscles. Une sacrée belle bête ! Telle une mère, je m'aventurai alors à caresser sa magnifique fourrure claire rayée de noir pour essayer de l'amadouer et le ramener vers sa cage. Et sans crainte aucune, nous marchâmes tout doucement l'un à côté de l'autre jusqu'à atteindre l'intérieur de son enclos où il finit par s'allonger tout simplement. Ses gamelles vides, son estomac visiblement bien rempli, je profitai alors de cette aubaine pour ressortir de l'enclos en marche arrière (surtout ne jamais tourner le dos à un félin, aussi beau soit-il) et fermer cette fichue grille à double tour. Celle-là même que je pensais vraiment avoir sécurisé la première fois.

Comme deux vérifications valent mieux qu'une, je passai donc l'heure suivante à tout contrôler une deuxième fois dans la réserve.

## La pause méridienne

Bientôt midi et demi à ma montre, mon alarme ne va plus tarder à sonner. Comme à chaque fois, je suis vraiment trop impatiente. Terriblement impatiente même de le retrouver lui, ou peut-être elle, qui sait ? Après tout, qui d'elle ou de lui finalement me procure le plus de plaisir, tous les mercredis, à la même heure... ?

Cela fait maintenant dix ans que j'ai intégré cette petite entreprise. Dix longues années que je me suis mise au service des autres. Ces autres-là qui sont tantôt mes clients, tantôt mon patron et mes collègues. Toutes ces années durant lesquelles j'ai mis mon cerveau en ébullition pour trouver toujours de nouvelles idées, de nouvelles tendances afin de plaire chaque jour davantage à tous ces fidèles. Mais qu'est-ce que la fidélité réellement en terme de commerce... ?

Quoi qu'il en soit, toutes ces journées passées devant mon écran pour tenter de dénicher les meilleures offres de voyage, d'exil ou d'investissement immobilier – impulsifs ou pas d'ailleurs – pour des clients de plus en plus exigeants et de moins en moins reconnaissants. Toutes ces heures que je ne compte plus vraiment durant lesquelles je m'abîme les yeux en scrutant la moindre opportunité et tasse mes cervicales en me figeant ainsi comme une statue, un robot inanimé. Et pendant ce temps, j'imagine bien Marjorie, notre globetrotteuse attitrée, parcourant le monde de ville en ville, d'hôtel en palace, de baignoire en jacuzzi... pour tester chaque recoin de notre belle planète.

Heureusement pour moi, voilà la récompense de tous mes sacrifices. Enfin, depuis deux ans, je me sens beaucoup plus épanouie dans ce job que j'occupe à plein temps, ici. Ce travail qui n'en est pas toujours un véritable aux yeux de mes chers amis d'ailleurs ! Ces adorables chercheurs en institut, ces véritables rats de laboratoire qui ne pensent qu'à bosser, étudier, chercher du matin au soir, sans jamais forcément voir le bout de leur tunnel un jour... ni même sans penser un instant à faire reposer leurs yeux ou leurs cerveaux en fusion, prêts à exploser parfois. Alors, ainsi vivre sa vie comme je le fais depuis des lustres, à satisfaire les moindres désirs de clients si peu regardants sur l'avenir, à rêver de voyage du matin au soir, je comprends que cela puisse les titiller un peu parfois, voire les agacer souvent.

Mon heure est venue à présent, et tant pis pour les autres, ceux qui n'ont pas cette chance au sein de leur boîte. Une fois par semaine, cinq fois par mois, je me fais dorloter par elle tout autant que par lui, toujours à la même heure pour ne pas perturber mon propre système. J'enfile ma tenue de combat et m'allonge sur elle, délicatement, sans aucune précipitation. Il ne faudrait surtout pas que je me déclenche un lumbago ou une sciatique. Ce serait beaucoup trop bête, surtout dans une telle position !

D'abord sur le dos pendant une dizaine de minutes, le temps qu'il me badigeonne tout le corps de son suc si précieux, cette huile légère et mystérieuse aux notes si envoûtantes mais tellement relaxantes. Puis il laisse glisser ses mains sur moi de la tête aux pieds, en insistant bien évidemment sur chaque zone où je suis la plus tendue. Et cela me procure un réel moment de bonheur, de détente absolue pendant ces quelques minutes. Ensuite, je me retourne pour me mettre à plat ventre, je referme les yeux et là, il recommence son rituel pendant dix minutes chrono : le mélange d'essences boisées et sucrées, les massages frôlant parfois la sensualité, l'éveil de tous mes sens… et l'extase avant le réveil !

Une fois la séance terminée, je me sens beaucoup mieux. Mon esprit part tellement loin parfois qu'il a beaucoup de mal à refaire surface rapidement mais tant pis, tout en me rhabillant, je me laisse porter encore quelques secondes supplémentaires par le son mélodieux de sa voix qui me dit à chaque fois :

— À la semaine prochaine, ma petite Eléonore !

Il me reste à présent à peine une demi-heure pour grignoter un petit en-cas avant de reprendre mon activité mais qu'importe puisque, pour rien au monde, je ne voudrais échanger ma place avec quelqu'un d'autre, ni partir travailler dans une autre société que celle-ci. Ma qualité de vie au travail, c'est celle-là ! Malgré la mauvaise humeur quasiment quotidienne du boss et les petites brouilles passagères avec mes collègues dont certaines devraient partir à la retraite très prochainement, eh bien, je préfère rester ici, à me décarcasser chaque jour pour satisfaire de nombreux clients très fortunés en quête d'une totale liberté et d'une exceptionnelle solitude au prix complètement démesuré. À me rendre folle parfois même s'ils savent tout au fond d'eux que la planète n'est pas à vendre. Du moins, pas encore ! Et si je reviens tous les matins malgré tout, quel que soit le temps qu'il fait dehors, c'est sûrement à cause d'elle, à cause de lui. Sûrement parce que je sais aussi que chaque mercredi à midi et demi, eh bien, je vais pouvoir profiter au maximum de ces deux privilèges que "Monsieur Grincheux" a bien voulu instaurer pour chacun de nous : le premier, c'est donc elle, cette immense table de massage très confortable et le second, c'est bien lui, ce charmant soigneur aux allures de surfeur hawaïen procurant de longues frictions, à la chaîne certes, mais avec une telle passion. Et tous deux sont très bien installés dans une salle formidablement accueillante et reposante.

— Merci beaucoup à vous, très cher patron, pour cette idée géniale ! Ainsi, grâce à vous, nous avons la possibilité de pouvoir nous détendre totalement durant la pause méridienne, d'oublier un instant ce fichu stress quotidien qui nous use jusqu'à la moelle, sans aucun répit.

Même si nous savons tous, au fond de nous, que l'intérêt primaire de cet avantage exclusif est que nous soyons ensuite, beaucoup plus opérationnels.

Qu'importe, au moins cette innovation est au goût du jour ! Et qui sait, peut-être, un de ces jours, m'aidera-t-elle aussi à sortir de ma grande réserve ? Cette stupide timidité qui m'empêche si souvent de jouir pleinement de tous ces bons moments que la vie nous offre quelquefois au quotidien...

## La négociation

La négociation touche à sa fin à présent. Mais ai-je fait le bon choix réellement en suivant le mouvement, finalement ?

Voilà déjà seize jours et seize nuits, interminables, que tout a commencé. Et tu me manques tant... Je ne faisais pas encore partie de ce groupuscule, de tous ces fervents, tous ces adeptes du mouvement libératoire. Non pas que je n'en avais point envie mais plutôt que je ne le pouvais réellement. Perte de salaire trop importante parfois ; perte d'estime de soi ; peur du regard des autres. Les autres... ! Ceux qui ne comprennent pas que la grève soit un droit acquis depuis si longtemps ; ceux qui ne partagent pas les mêmes opinions, n'éprouvent pas les mêmes besoins ; ceux qui se sentent toujours pris en otage parce qu'au final, ils n'ont rien à dire.
Et toi qui as toujours défendu ma cause...

Je me réfugiais alors derrière des lunettes bien trop grosses pour moi tout autant que derrière mon chariot élévateur. Je ne voulais pas trop prendre part à toutes ces manifestations, toute cette rébellion contre le système actuel mis en place par un gouvernement devenu si sourd et aveugle. Je pensais vraiment que rien n'y ferait, que rien ne pourrait changer la donne. Avec si peu de diplôme, qu'aurais-je pu d'ailleurs attendre d'une nouvelle loi sur le travail ? Plus de reconnaissance, plus de rétribution, plus de sécurité d'emploi ? Rien de tout cela en fait !
Et toi qui avais tant à donner, à prouver pour gagner ta place auprès des tiens...

Mais un matin, j'en ai eu marre d'entrer dans l'arène sans prendre part à la fête même si celle-ci était loin d'être joyeuse. Marre de passer à travers cette foule de collègues très en colère, cette agglutination de camarades en attente d'une vie meilleure. Alors j'ai dit stop au « *moutonnage* », stop à la peur qui me terrassait à chaque embauche, stop à la perte d'argent si importante qui me pendait au nez.

Et toi qui m'y encourageais si fortement...

J'ai posé ma blouse de travail et enfilé ma tenue de combat. Puis j'ai crié :

— Allez les gars, j'arrive ! Faut pas laisser passer ça, plus maintenant !

Tel un cheval au galop je me suis mis en selle mais tu n'étais pas là pour me voir, toi, ma jolie cavalière que je n'ai pas quittée un seul instant malgré tout et avec qui je suis resté en contact via mon téléphone portable ou les réseaux sociaux.

Et toi non plus, tu ne m'as pas lâché...

Déjà deux mois entiers que l'étau se resserre autour de nous, de moi, de toi. Huit semaines exactement que les responsables syndicaux n'ont pu établir un vrai dialogue avec les membres concernés du gouvernement. Évidemment ici, on n'a toujours vu personne ! À part nous, il n'y a rien d'autre que notre bon vouloir. Et même avec quatre-vingt-dix pour cent des employés qui sont en grève illimitée dans notre entreprise, je n'ai pas encore vu le moindre changement. Ce ne sera pas pour tout de suite, on dirait. Dommage !

A présent, j'y passe mes jours entiers et mes nuits sans toi. Comme tous les autres, je fais du camping et du barbecue à volonté. Ma barbe a poussé et mes idées aussi. Mais contrairement à ce que pensent les réfractaires – *ceux-là même qui détestent les français grandes gueules, pour ne pas dire, « les grévistes »* – eh bien, nous sommes loin d'être en vacances ! Je ne bénéficie pas d'un confort trois étoiles, au milieu des barils de pétrole en déperdition totale. Je ne pourrais faire partager cela à nos enfants, bien plus précieux à mes yeux que ma propre existence d'ouvrier soumis au contrôle d'une démocratie quasiment militaire.

À quoi bon se battre parfois pour que ne soient jamais reconnus nos droits dans ce monde de plus en plus patronal et autoritaire ? À quoi bon se dire qu'il y a toujours un certain patrimoine, une quantité incroyable de richesses humaines à transmettre à nos enfants si c'est pour s'entendre dire qu'il faut faire des sacrifices, encore et encore... toute une vie durant, sans jamais pouvoir voir enfin le bout du tunnel ?

Et toi qui travailles pour eux quelquefois, malgré tes doutes et tes certitudes contraires à l'éthique parfois...

Bientôt six mois maintenant. Six mois que le pays se retrouve à feu et à sang, bien malgré nous, bien malgré moi. Nous ne sommes que des grévistes, en colère certes, mais pas des casseurs. Ces fameux troubleurs, ces anarchistes qui ne souhaitent qu'une seule chose au final : la guerre ! Pas nous, bien au contraire... ! Nous n'aspirons qu'à une seule espérance :

— Retrouver la paix dans un pays qui part en vrille.

Et à ce juste titre, nous revendiquons notre droit d'expression, tout comme la liberté de penser, notre droit à manifester sereinement notre mécontentement vis à vis des responsables de tout cet état de latence, cet état de lâcheté où s'affrontent aujourd'hui, les riches et les pauvres.

— Finalement, qu'avons-nous gagné de plus depuis le Moyen-âge ?

La liberté, ici, a un prix. Et suivant son niveau, son statut, ses opinions politiques ou religieuses, il est plus ou moins lourd à payer, ce prix. Pourtant, la déclaration des droits de l'Homme et du Citoyen précise bien que « *nous naissons tous libres et égaux en droit* ».

— Hypocrisie !

Et toi qui me dis toujours que je suis toi, que tu es moi, que nous ne formons qu'un seul et même bloc. Toi, mon ange, mon amour...

Je ne veux pas d'un pays en crise, ni d'un gouvernement migraineux et frileux. Je ne veux pas d'une société où il faut toujours subir, encaisser, baisser la tête et se dire qu'ailleurs, il y a vraiment pire... Parce qu'il y a toujours mieux aussi ! Je ne veux pas d'une entreprise où le chef se prend pour le roi du monde, aussi puissant soit-il au niveau des ressources pétrolières. Je veux un travail reconnu, aussi pénible puisse-t-il être parfois, à la longue. Un emploi sûr et stable, pas un contrat d'intérim pour remplacer les collègues, fatigués, usés par la pression. Ni un CDD où la porte m'est grande ouverte dès qu'approche la fin.

Je veux pouvoir donner à mes enfants de bons repas chaque jour, même s'ils ne seront jamais aussi chers que ceux engloutis par tous nos dirigeants. Je veux pouvoir les regarder grandir un petit peu plus chaque jour, même si je me dois d'aller travailler huit heures par jour pour parvenir à les rendre heureux, ainsi que toi, ma petite femme. Trente neuf heures ou trente cinq heures par semaine, peu importe, pourvu que l'on respecte encore mon besoin vital :

— Huit heures de sommeil et huit heures de tranquillité. C'est déjà bien !

Je veux pouvoir encore payer mon loyer, mes factures et ma complémentaire santé... sans envisager de tout plaquer du jour au lendemain. Je veux surtout pouvoir être fier d'être ce que je suis et pouvoir me regarder dans un miroir, même si je n'ai pas fait dix ans d'études comme toi ma douce, même si je n'ai pas grandi dans les beaux quartiers. Même si je ne serai jamais aussi notoire que tous ceux qui dirigent notre si beau pays – *si touristique* – je veux pouvoir être fier de m'être battu pour une vraie cause qui, je l'espère vraiment très fort, fera avancer chacun de nous dans la bonne direction.

Je suis pour la réforme, tout autant que toi, mais juste celle qu'il faut. Celle qui ne se décide pas seulement en hauts lieux, qui se discute tout en bas aussi, qui ne s'adapte pas en force à chaque coup, qui est jugée utile et nécessaire.

Aujourd'hui, enfin, ils vont se rencontrer. Enfin nos représentants vont peut-être trouver une véritable entente, un accord verbal et écrit pour répondre à tout ce massacre social et politique, ce stratagème économique et européen.

Peut-être enfin allons-nous pouvoir libérer cette immense usine de traitement, d'acheminement de produits potentiellement inflammables, et si polluants pour notre environnement ? Mais cela, c'est encore un tout autre débat, une autre réforme.

Peut-être vais-je enfin croire au miracle, moi qui commençais à baisser les bras après tout ce temps.

Et toi qui désespérais tant de ne toujours pas me voir rentrer au fil du temps...

Des heures durant, ils vont discuter, argumenter, parlementer ensemble, comme ils le font toujours à chaque fois. Et moi qui ne peux plus aligner deux mots... Sans doute à cause de la fatigue qui me tient, du ras-le-bol profond et du manque terrible de pouvoir te prendre dans mes bras, te serrer contre ma poitrine et embrasser nos garçons, après tout ce temps.

— Et après cela, que va-t-il se passer ?

Une terrible perte de salaire pour moi. Heureusement, le tien finira bien par compenser.

Et que dira le verdict au final : travailler plus pour gagner moins... ?

### Il est où le bonheur ?

Mémé me disait souvent :

— Mon petit, sache que l'argent ne fait pas le bonheur !

Et moi je ne comprenais pas toujours ce qu'elle voulait me dire par là.

Pendant toutes ces années, j'avais eu cette impression étrange de voir mon père trimer comme un forcené, tous les jours, en allant travailler dans cette immense usine aux allures de bunker, juste pour récolter quelques centaines d'euros à la fin du mois. Et ma mère qui s'évertuait à nous élever du mieux possible, mes sœurs et moi... J'aurais bien aimé alors, à ce moment-là, que l'argent coule à flot dans cette maison si triste et finisse par nous rendre heureux, qu'il nous couvre de présents et de toutes sortes de choses, utiles ou futiles, que je voyais chez les copains sans jamais pouvoir en espérer une seule d'entre elles.

Pourtant, mes parents – *eux* – ne se plaignaient jamais. Mes sœurs non plus, bien au contraire ! Elles me disaient tout le temps que nous avions tous les trois beaucoup de chance d'avoir une famille aussi aimante. Mais moi, égoïstement, je m'en fichais ! Ce que je voulais plus que tout au monde, c'était devenir grand – *en âge de quitter la maison* – pour pouvoir partir le plus loin possible de ce coin perdu et voler de mes propres ailes.

— Gagner beaucoup d'argent, tout simplement ; ne jamais manquer de rien et ne plus perdre mon temps dans ce trou à rat !

Puis le temps a passé, justement. Après huit années d'études acharnées en communication et de laborieux jobs d'étudiants, je décrochais enfin mon premier poste en CDI.

— Pas forcément en adéquation avec mes capacités et mes compétences, pensais-je à l'époque.

Mais peu importe puisque j'avais au moins la chance d'avoir trouvé un travail honnête et valorisant.

Je devais juste encadrer une fine équipe de quatre personnes : des conseillers bien plus jeunes que moi encore mais tellement plus raisonnables, finalement. Nous intervenions pour des clients venant d'horizons totalement différents les uns des autres afin de promouvoir leurs divers produits et services. Petit à petit, je finissais par prendre mes marques dans ce monde nouveau, cet univers plutôt modeste dans l'ensemble. Celui-là même que j'avais tant critiqué par le passé...

Mais au bout de quelques années, les souvenirs du passé sont revenus me hanter. Par le plus pur des hasards, j'avais eu le malheur de croiser d'anciens camarades de classe – *qui n'étaient pas franchement des copains à l'époque, et encore moins des lumières* – roulant en belles décapotables ou en grosses cylindrées. Leur vie de flambeurs extravagants m'attira dans leur sillage, un moment.

— Beaucoup trop longtemps à dire vrai !

Du jour au lendemain, je quittai ma place et décidai de répondre à l'appel du loup. Celui-là même qui vous attire vers le bas, aussi haut soit-il parfois ! L'un d'entre eux m'avait proposé une place en or en intégrant sa société (une multinationale dont je tairai le nom par nécessité) pour un salaire totalement exorbitant. Moi qui avais tant rêvé d'une vie meilleure, d'une vie aussi pleine et riche, pourquoi aurais-je dû laisser passer une telle opportunité ?

Pendant plus de dix ans dans cette société, j'ai donc occupé un poste à « hauts risques » puisque je devais encadrer une équipe de quarante personnes (trente employés et dix collaborateurs) et n'avais aucun droit possible à la moindre erreur, sinon, c'était le placard assuré ou la porte direct, sans aucun parachute doré d'ailleurs !

Mon salaire avait triplé – *certes* – mais mes heures aussi et mes responsabilités encore plus. Je partais de chez moi le matin de très bonne heure, à moitié endormi, avant même le chant du coq. Totalement éreinté, je rentrais le soir tard... pour ne pas dire dans la nuit.

— Et parfois, je ne rentrais même pas !

Je ne comptais plus mes heures, mes insomnies... D'ailleurs, je crois bien que je ne savais même plus compter ! Je travaillais dur sans aucun répit, bossais comme un enragé à la sueur de mon front, trimais du matin au soir...

— Étrangement, cela me rappelait quelqu'un !

Je n'avais plus de vie. Pas de partenaire, ni d'enfant pour m'attendre à la maison, bien au chaud. Même pas un chien ou un chat, ou encore, un hamster.

— J'étais seul... et depuis si longtemps maintenant !

À part le fait de savoir que tous mes comptes bancaires étaient *« blindés »*, que ma grande maison était vraiment très luxueuse mais bien trop souvent vide, que ma voiture et ma garde-robe étaient des plus onéreuses mais tellement éphémères...

— Qu'avais-je alors de plus à ce moment-là que mes propres parents ?

Je ne manquais véritablement de rien mais mis à part cela, je n'avais vraiment rien d'autre !

Ce soir-là, comme à mon habitude, je rentrai chez moi très tard. Je venais tout juste de fêter mes quarante ans.

— Le bel âge... !

Et ce fut alors comme une révélation pour moi, un gros coup de massue, une grande claque dans la figure, un coup de pied aux fesses... Un peu comme ceux que mon père avait tant rêvé de me mettre parfois lorsque je lui répondais avec toute la nonchalance de ces ados boutonneux en mal d'amour.

Je me réveillai enfin et pensai à tous les miens, que je n'avais pas revu depuis si longtemps d'ailleurs : maman, papa et mes deux jeunes sœurs. Et surtout, grand-mère :

— Tu avais bien raison, Mémé ! C'est vrai, l'argent n'a pas du tout contribué à faire mon bonheur.

J'ai atteint des sommets grâce à lui mais je ne me suis jamais senti réellement épanoui, à cause de lui. Il m'aura certes permis de m'acheter tout ce dont j'avais toujours rêvé, de céder aux moindres de mes caprices mais à quoi bon aujourd'hui puisque dans cette terrible boîte, je ne suis ni indispensable, ni irremplaçable.

Autant prendre mon envol là aussi puisque je ne suis rien de plus qu'un simple pion sur un grand échiquier vivant, dont le dirigeant tire les ficelles simplement grâce à son héritage peut-être ou sa grande gueule sûrement.

— Autant ne jamais remettre les pieds ici !

Au même titre que mes parents, j'ai travaillé vraiment très dur durant toutes ces années pour en arriver là où j'en suis finalement. J'ai trimé comme un homme, comme un père pour gagner tout ce que j'ai à présent et j'en suis vraiment très heureux, au bout du compte. Pour la première fois de ma misérable petite vie, je suis fier de mes racines, fier de ceux qui m'ont donné la vie, le goût d'avancer malgré tout, l'entrain pour aller toujours plus loin.

— A toi Mémé qui m'a toujours fait comprendre que, quel que soit le métier que l'on exerce, la récompense n'est pas forcément celle qu'on croit !

Avocat ou boulanger ; charpentier ou chef d'orchestre ; DRH ou tourneur-fraiseur... le plus important, c'est juste la passion qui en découle.

Mon véritable bonheur, il se trouve aujourd'hui tout autour de moi : dans l'amour que mes proches ont toujours eu pour moi ; dans l'estime que j'ai toujours eu pour eux, même si je ne leur ai pas souvent montré ; dans tout le travail que j'ai accompli chaque jour pour qu'ils soient fiers de moi.

## Quelques années encore

Le jour se lève à peine, timidement, les lampadaires brûlent encore jusqu'à leur dernière lueur, la ville ne dort jamais vraiment par ici. Tout comme elle... ! Tout n'y est que trépignement et mouvement perpétuel. Le soleil ne sera pas au rendez-vous encore aujourd'hui mais qu'importe, Louise sera là, elle, comme tous les lundis et jeudis matins depuis des années maintenant. Depuis exactement quarante et un an, trois mois et six jours !

Toujours la même route, les mêmes endroits, tous semblables les uns aux autres et pourtant, si différents parfois. Toujours le même sourire, les mêmes espoirs, les mêmes gestes, la même démarche... Un peu au ralenti, certes, mais tout autant déterminée qu'avant – *à ses débuts* – elle avance à grands pas, du haut de ses un mètre cinquante. Une telle force de vivre, une tornade ambulante, un sacré bout de femme...

Un trop plein d'énergie, parfois, qu'elle a besoin d'extérioriser, d'expulser, et de canaliser surtout.

Louise a consacré toute sa vie au travail, aux petits plaisirs des autres, à la bonne humeur de son amie la crémière, aux caprices de la météo... Comme un bon petit soldat de plomb, jamais au garde à vous, elle a arpenté tant de rues, d'allées et de places dans chaque ville de province qui l'ont aimablement – *ou pas d'ailleurs !* – accueillie. Ces marchés, ces foires, ces salons... tant convoités, tant visités au fil du temps. Et encore aujourd'hui, malgré son grand âge, elle continue sa route, toute tracée. Ses emplacements, ses fidèles clients, ses estivants de passage... Elle les connaît si bien que pas un ne lui échappe. Certains, elle les a même vus naître et grandir, d'autres partir pour un jour ou pour toujours, et quelques-uns arriver d'on ne sait où. Des visages, elle en a rencontrés, côtoyés, et même parfois, un peu chatouillés. Des mains, elle en a serrées, et trop parfois. Mais qu'importe, elle ne les oublie pas tous ceux-là, même à la veille de partir elle-même vers de nouveaux horizons. Elle se souvient de chaque instant, de tous ces bons moments passés auprès d'eux, ces acheteurs si revigorants, ces consommatrices si affriolantes... Prendre sa retraite ? Elle n'y songe point encore.

— Bien trop jeune pour cela ! dira-t-elle avec humour.

Laisser sa place à une autre ? Surtout pas.

— J'en mourrais ! soufflera-t-elle.

Soixante ans, et alors... ?

Louise a toujours eu une santé de fer. Elle a passé toute sa vie à marcher, sautiller, danser, courir... Un vrai parcours du combattant ! Alors, pourquoi ne pas continuer ainsi, à ce rythme-là, puisque son corps ne la fait pas souffrir plus que ça ? Pourquoi aller s'enfermer dans une vie bien trop paisible de retraitée désarmée, triste et monotone, où personne ne viendra plus jamais la voir, l'écouter parler, chanter... Lui acheter ses plus belles collections de printemps ou d'automne.

Le dimanche matin, elle joue les accompagnatrices – *bénévole, bien sûr !* – avec un groupe de séniors, bien plus âgés qu'elle d'ailleurs, pour aller faire de la randonnée pédestre pendant trois bonnes heures, dans la région. Jamais le même parcours, ni les mêmes sentiers. Ce serait beaucoup trop facile, sinon ! Elle les connaîtrait tous par cœur, à force, les gens et les chemins. Et sa mémoire ne montre pas encore de signe de défaillance.

Le mercredi, elle passe la journée entière avec ses six petits-enfants. Trois garçons et trois filles de deux à quinze ans. Quelle chance, ils ne la font même pas tourner en bourrique, elle au moins ! Bien au contraire... Et ses filles qui passent leur temps à se plaindre de leurs enfants terribles.

Au moins avec Mamie Louise, ces diablotins ne s'ennuient pas un instant. Elle leur trouve toujours un petit quelque chose d'intéressant à faire : un coin de jardin à semer pour avoir de belles fleurs rouges, bleues ou jaunes ; de nouveaux accessoires *« fashions »* à découvrir en priorité ; un bon gros gâteau au chocolat à préparer pour le goûter ; des costumes clinquants à essayer ; de nouveaux jeux à découvrir ou à inventer ; un peu de sport... Même les ados y trouvent leur compte ! Il faut dire que Louise sait réellement s'y prendre, et avec tout le monde : les jeunes, les adolescents, les grands, les « vieux »... Ses filles pensent qu'elle a un véritable don pour cela. Un don qu'elle semble ne leur avoir jamais transmis, d'ailleurs !

Elle aime tout le monde, quel que soit l'âge, quelle que soit la nature des gens.

— Sauf peut-être les imbéciles ! avoue-t-elle en riant.

La jeune grand-mère ne rate pas un seul concert avec Anaïs, l'aînée de ses petites-filles, qui adore la chanteuse Zaz, parmi tant d'autres. Avec les garçons, elle va au stade pour supporter l'équipe de foot junior de la ville. Surtout parce qu'ils y jouent dedans, bien sûr ! Et avec les tous petits, elle va aux sorties scolaires ou à la crèche quand leurs parents ne peuvent les accompagner. Elle a connu cela elle aussi, malheureusement !

Elle fait toutes ces choses-là pour eux par amour, ou peut-être par devoir. Parce que c'est dans son naturel, tout simplement ! C'est une super mamie ! Celle que tout le monde rêverait d'avoir, finalement.

Mais le plus important pour Louise, à présent, c'est sa journée du vendredi parce qu'elle peut enfin s'occuper d'elle-même. Ce jour-là, elle rejoint donc sa destination favorite, à plus de cinquante kilomètres de chez elle :

— Leur petit nid d'amour, comme elle aime lui rappeler à lui... et rien qu'à lui !

Alors, la belle, si mature, rejoint son fidèle compagnon depuis maintenant deux ans – *une fois par semaine seulement* – dans cet endroit si discret, retiré de la foule, en bord de mer. Un très grand appartement pour ce célibataire endurci qui semblait n'attendre qu'elle, finalement...

Sans aucune honte, sans aucune crainte puisque personne ne semble rien savoir de cette idylle secrète, c'est pour Louise une longue aventure, qui dure et perdure, à l'abri des regards indiscrets, à l'écart de tous ceux qu'elle aime le plus au monde : ses filles, ses petits-enfants et ses amis. Même si chacun sait, en réalité, ce qui se passe vraiment tous les vendredis là-bas, mais n'en dira pas mot...

Louise a tant donné, tout sacrifié pour les siens. Elle s'est consacré à leur bien-être, même après le départ précipité de son ex-mari. Elle a passé des hivers rudes et des étés caniculaires à vendre de la lingerie fine, haut de gamme, sur des marchés, en y mettant tout son cœur et toute son âme. Elle n'a jamais flanché, ni plié sous le poids du désespoir, de la solitude qui accompagne souvent ces longues vies de labeur jusqu'au jour où elle a croisé le regard de ce bel homme aux cheveux argentés, à l'allure un peu abîmée, certes. Ce regard qui ne lui semblait pas inconnu, qui ne la laissait point indifférente. C'était bien lui, en effet, cet amour de jeunesse qu'elle avait déjà laissé s'envoler une fois selon le bon vouloir de ses chers parents, à l'époque. Ce seul et unique amour qu'elle n'avait finalement jamais pu oublier, même après vingt ans de vie commune avec le père de ses filles.

Elle vient déjà de fêter ses soixante printemps et pourtant, Louise ne s'est jamais sentie aussi bien dans sa peau et dans sa tête.
— Aussi épanouie… !
Elle a vraiment cette sensation d'avoir rajeunie de quelques années. D'au moins vingt ans, à vrai dire ! Ses brèves escapades amoureuses, ses longues échappées belles, ses tendres instants passés dans les bras de son Roméo, à roucouler, à se donner l'un à l'autre, sans fin.
— Au diable les rhumatismes et l'ostéoporose ! Bonjour la vie ! crie-t-elle.
Pourquoi se priverait-elle d'un tel bonheur à son âge, de ce bien être fabuleux qui la transporte à mille lieux, jour après jour… ?

Louise dit souvent à son médecin :
— J'ai déjà soixante ans, et alors ?
Effectivement… et alors ? La vie ne s'arrête pas à soixante ans. L'amour non plus !